GAEA

GAEA

ISLAND 噩盡島 9

莫仁——著

噩盡島 9

目錄

登場人物介紹

- 乍看有些白淨文弱的少年。個性冷漠，不喜與人接觸，討厭麻煩，遇事時容易失控。
- 巧遇鳳凰換靈，身負渾沌原息，持有影妖凱布利。
- 裝備：金犀匕、血飲袍

沈洛年

- 具有喜慾之氣的白色巨狐，個性精靈調皮。三千年前因故留在人間。
- 不慎與沈洛年訂下「平等」誓約，目前正極力尋找寶物轉贈洛年，以望蓋約。

懷真

- 個性負責認真，稍有潔癖，有時容易自責。
- 隸屬白宗，現任白宗宗長。發散型，專修爆訣。目前正學習道術五靈中的炎靈。
- 武器：杖型匕首

葉瑋珊

- 體育健將。個性樂觀開朗善良，頗受歡迎的短髮陽光少年。
- 隸屬白宗，內聚型，專修柔訣。對於武學頗有研究，是白宗的武學指導。
- 武器：銀色長槍

賴一心

- 個性粗疏率真，笑罵間單純直接，平常活潑好動、食量奇大。
- 隸屬白宗，內聚型，專修爆訣。
- 武器：青色厚背刀

瑪蓮

■ 個性冷靜寡言，表情不多，愛穿寬鬆運動外套、黑色緊身牛仔褲與短靴。
■ 隸屬白宗，發散型，專修柔訣。目前正學習道術五靈中的凍靈。
■ 武器：銀色細窄小匕首

奇雅

■ 有一副娃娃臉，平時臉上表情不多。跳級就讀高中，被沈洛年引入白宗。
■ 隸屬白宗，內聚型，專修爆訣。
■ 武器：偃月大刀

吳配睿

■ 體格輕瘦，喜歡選輕鬆的事情來做，頗有點小聰明。外號：蚊子。
■ 隸屬白宗，內聚型，專修輕訣。
■ 武器：細長劍

張志文

■ 稍矮胖，給人穩重感。在不熟悉的人面前不多話，善於分析情況，常給瑋珊許多建議。外號：無敵大。
■ 隸屬白宗，內聚型，專修凝訣。
■ 武器：帶刺雙盾

黃宗儒

■ 個性憨直開朗，講義氣，很好相處，常和張志文一搭一唱。外號：阿猴。
■ 隸屬白宗，內聚型，專修輕訣。
■ 武器：細長劍

侯添良

■ 美艷，身材修長豐滿，最初隸屬白宗，後因故加入總門。善於察言觀色，巧於心計。
■ 隸屬總門的道武門人，發散型，爆輕雙修。
■ 武器：匕首

劉巧雯

- 個性溫柔和善，但決斷力稍弱，心腸與耳根子皆軟。是葉瑋珊的舅媽。
- 隸屬白宗，為白宗前任宗長，發散型，專修爆訣。
- 武器：匕首

白玄藍

- 白玄藍丈夫，聲音低沉。對古文頗有研究，十分疼愛白玄藍。
- 隸屬白宗，內聚型，輕柔雙修。
- 武器：五節劍

黃齊

- 麟犼幼獸，原形為龍首、馬身，全身赤紅，腦後一大片金色鬃毛。
- 對奇怪的事物充滿好奇心，人形為夏威夷混血少女。

焱丹

- 窮奇幼獸，原形為白色紫紋、脅生雙翅的虎狀妖獸。和羽霽是從小玩耍吵鬧的玩伴。
- 討厭一般人類，但特別喜歡聞不可理喻之人的氣味。人形為金髮碧眼女娃。

山芷

- 畢方幼獸，原形宛如巨鶴，全身披帶著紅色紋路的藍色羽翼，只有單足。
- 因為玩伴被洛年搶走，因此對沈洛年特別有敵意。人形為黑髮黃種女娃。

羽霽

前情提要

藉由懷真交付的龍族法器，沈洛年意外與闇靈接觸，獲賜足以稱王天下的恐怖力量；后土高精更為此破例現身……懷真為查明縛妖派真偽趕赴台灣，卻發現只是謠言；而沈洛年為了取得闇靈力，竟意外成了牛頭人的神巫密醫……

ISLAND
以後絕對不當醫生

兩日前深夜，沈洛年在牛頭人揹負下，一路奔到牛頭人和雲陽衝突的最前線密林區，這兒地近赤道，氣候潮濕悶熱，一條蜿蜒的河道穿過林中，有妖炁、無妖炁的無數植物在其中混雜生長，一般動物還很少見，但蚊蚋之類卻已開始繁殖。對蚊蟲來說，沒妖炁護身的沈洛年似乎比牛頭人可口不少，整日都有蚊蟲向他臉面撲來，頗有點不堪其擾。

到這兒沈洛年才知道，自己去找牛頭人的不久前，某個牛頭人巡察小隊，才剛發現雲陽聚集地，兩方一碰面自然馬上打了起來，沈洛年治療的十幾名牛頭人，就是因那場衝突受傷而遭送返。

接下來就是數千年來的老規矩，一場大戰勢不可免，分成許多部族逐水草而居的牛頭人正從四面八方不斷往這兒集合。沈洛年初遇牛頭人之處，確實是他們保護幼兒的某個後方陣營，未來受傷失去戰力的牛頭人，本來也將陸續往那兒送，不過現在前線有了沈洛年這冒牌神巫，當可就地治療，不用將傷兵撤返。

沈洛年並不想幫著牛頭人和雲陽作對，但已經到了這兒，總不能突然說自己不幹了，只好期待別被雲陽發現，免得日後難看，說不定還會拖累懷眞。

不過到遠處看了看前線狀況，沈洛年倒是安心下來，原來數千年來，牛頭人和雲陽之間的戰鬥，一直都是牛頭人主攻、雲陽主守，移動緩慢的雲陽總選個水濱之處等待牛頭人進攻，所

以牛頭人的陣地以及傷兵休養之處，雲陽根本不可能靠近。

既然這樣，沈洛年也就不用顧忌，另外經輕疾提點，雲陽並沒有眞正的五官，認人主要靠妖炁感應，自己沒有妖炁可言，就算面對面，雲陽也未必認得出自己，這倒是個好消息。

雲陽這次盤據防守的地方，是個不到半公里寬的河中土丘，自從首次和牛頭人衝突後，他們便開始做應敵的準備，首先由附近叢林集中到這個地點，跟著層層疊疊在土丘邊緣圍起。而這土丘周圍河水湍急，水深達數公尺，進退間十分不便，這些牛頭人渡河雖不成問題，但最擅長的高速衝陣在這種環境下格外不適合使用。

在牛頭人這一面來說，眼看對方這次防範得如此堅強，先趕到的牛頭人部隊在大軍集結前也不敢擅動，兩方一時就這麼僵持下來。

也因爲眞正的大戰還沒開始，沈洛年昨日除了幫之前的傷者換藥外，倒沒什麼其他事情好做，牛頭人復元速度又快，到今日，其中三五個牛頭人已能爬起走動，似乎頗想再度參戰。

昨日有空的時間，沈洛年多半照輕疾指示，把一些採來的藥物做預先處理，有些得曬乾收藏，有些需搗碎成泥，也有需要經過熬煮手續的藥物。這些工作，除生火熬煮之類，大部分都有牛頭人主動幫忙，尤其他們那長著兩塊硬蹄的手掌，搗爛藥草十分方便。

這些植物十之八九都是妖界植物……妖界植物的藥效，沈洛年一點也不覺得算是常識，不過輕疾既然願意說，當然總比不說好，沈洛年也不會表示抗議。

現在是來到這兒的第二天清晨，起床不久的沈洛年，正蹲在河邊，用泥土和水，捏出一個個碗狀物，放在一旁由牛頭人協助挖出的土坑中，準備等稍微陰乾後，再以闇靈之力收乾硬化，也許能製作出勉可裝物的器皿，否則藥草的加工製品越來越多，也越來越亂，不想點辦法分類收納，到時候找起來可會十分辛苦。

正忙碌間，沈洛年突然抬頭，望著西邊低聲說：「又來了，這批人裡面有五個強的。」

「嗯。」輕疾應了一聲。

「算起來已經有近百個。」沈洛年嘖嘖說：「原來強大的牛頭人這麼多，我本來還以為雲陽那邊比較多呢。」

「各種族中都有自己的英雄人物。」輕疾說：「你以前見過的只是一般牛頭人。」

「刑天呢？」沈洛年一面捏土一面說：「我見過一隻挺大隻的，幾乎有兩層樓高，還會變大變小，似乎是妖仙等級，那是皇族還是王者？」

「此為非法問題。」輕疾說。

經過這兩天，沈洛年也慢慢習慣輕疾的說話模式。這句話的意思，就是刑天從外觀判斷上，並不能分辨這兩者的區別，除非去問本人才會知道，所以他沒法從「常識」的角度告訴自己答案。

沈洛年換個問題說：「可是一般的刑天也很強了，有刑天撐腰，好戰的鑿齒怎沒殺到這兒來？」

「剛回到人界大地，大部分的妖族都在休養生息、擴張勢力範圍，不會輕啓戰端。」輕疾說：「牛頭人和雲陽本身有數千年的仇恨，算是特例。」

「嗯……」沈洛年微微一愣說：「這幾個不是剛到嗎？怎麼一路往這兒走？他們想幹嘛？」

沈洛年感應到對方一行數人正快速地往這兒奔，領頭幾個妖炁都異常地凝縮，似乎不是簡單的妖怪。

其實越是強大的妖怪，越能控制自己的妖炁凝縮，若不主動往外散溢攻防，頗難看出對方的妖炁總量到底有多少……但從另外一個角度來說，只要距離夠近，沈洛年可以藉著觀察妖炁的凝結程度稍微粗估對方能耐，這是一般妖怪辦不到的事情。

看樣子說不定這幾個是領頭人物，所以要來看看自己這個「神巫」的模樣，沈洛年嘆口氣，用一片木板盛起幾個泥碗，躬身走入不遠處的小土洞中，把碗按順序放好。

突然洞口那兒陰暗下來，沈洛年回過頭，見幾個龐大的人影擋在洞口，一個黑皮膚的牛頭人正低頭輕聲說：「神巫？有空？」

「馬上好。」沈洛年對外面揮了揮手，把泥碗繼續放好，一面低聲說：「輕疾，這些人誰是誰，算不算常識啊？」

「我不明白你的問題。」輕疾說。

「我看起來，這些牛頭長得都一樣。」沈洛年一面動手一面說：「剛到的時候不是有幾個王者、族長來自我介紹嗎？我都認不出來。」

「其實相處久就可以辨認了。」輕疾說：「這我可以幫忙，剛剛探頭的是黑族族長，你沒注意到他脖子有一圈偏金色短毛嗎？最近來幫忙的牛頭族人，大都是這族的。」

「誰會看這麼細？」沈洛年一面叨唸一面放好泥碗，轉身說：「其他人呢？」

「你都沒見過，新來的。」輕疾說。

果然是剛剛提到的幾人，沈洛年做好心理準備，走出洞口。抬頭一看，還是嚇了一跳，卻見除那黑族王者之外，其他五個竟然不是牛頭人？而且手中還拿著武器……不對，這些傢伙身體和牛頭人一樣，就那顆腦袋特別奇怪，雖然仍有兩支牛角，也有一對銅鈴般的大眼，但嘴部卻變形內收，還往左右拉開……啊，莫非這是「龍首形變」？這些牛頭人都有能耐變形嗎？不知道到了妖仙程度沒有？沈洛年目光掃過這五人，好奇地上下打量。

「神巫。」正當中一個雄壯牛頭人開口說：「聽說貴客願出手協助，牛首一族萬分感激，吾乃牛族皇子姜普，貴客可否告知尊諱？」

這串話，是輕疾翻譯而來，一些名詞和稱謂自然也經過調整，但沈洛年卻也聽得出來，這和一般牛語大不相同……牛語哪有這麼複雜？那口腔調……莫非是古漢語，難怪這些牛頭要變龍首，沈洛年愣了愣才簡單說：「我姓沈。」

「沈神巫，還請多多指教。」姜普說：「牛首八十一族已經匯聚，今日即將開戰，傷者尚請費心。」

準備要打了嗎？沈洛年說：「知道。」

沈洛年說完，卻見對方幾人面面相覷，似乎都透出疑惑的氣息，彷彿有點不信自己的話。他不禁有點心虛，莫非對方看出自己其實不是醫生？

姜普見沈洛年沒繼續說下去，他過了片刻，才試探著開口說：「沈神巫專程來此協助，可有所求？」

原來是懷疑這個？但總不能告訴他，快死的人拜託交給自己殺吧？這事還是要偷偷來，沈洛年搖搖頭說：「沒有，把人都送來我治就是了。」

姜普等人還是一副滿肚子疑惑的模樣。他們又等了片刻，見沈洛年還是不提出要求，姜普似乎不想在這兒耗掉太多時間，他把心中的疑惑拋開，開口說：「那麼請神巫一切隨意，有任何需要請告知黑族，他們會處理妥當。」

「謝謝。」沈洛年送走幾名牛頭人，感應著周圍的妖炁狀態，沈洛年嘆口氣說：「我以爲……牛頭人和雲陽一直都勢均力敵，怎麼現在看起來不像這樣？」

「我不明白你的問題。」輕疾說。

「他們既然打了數千年都沒結果，代表勢力應該不分上下吧？」沈洛年說：「但是周圍……我不大會算，少說也有好幾萬名牛頭人吧？還有一堆高手……我看雲陽頂多近萬株，高手也不多，這樣雲陽不就會死光嗎？」

「通常都會死光沒錯。」輕疾說。

「什麼意思？」沈洛年一愣。

「雲陽不像牛頭人能這麼快聚集，被發現之後，只有數公里內雲陽會聚集一處防禦。」輕疾說：「現在這附近兩方實際的人數，雲陽共一萬兩千餘名，牛頭人則已經集結了五萬餘，正常狀況來說，這一處的雲陽都會死的。」

「那……」沈洛年頓了頓說：「你意思是別地方還有雲陽囉？他們……放棄這邊的族人

嗎？」

「雲陽多體同心，並沒有彼此之分，是估計趕不上才沒過來。」輕疾說：「在雲陽全力防守下，牛頭人通常得花費數日，也損失相當的數量，才能把雲陽屠盡，到下一次再度發現雲陽時，又重複這個動作。」

「這麼說來，等於是牛頭人單方面的窮追猛打囉？」沈洛年皺眉說：「我還以爲他們是好人呢。」

「但兩方狹路相逢，雲陽也不會放過牛頭人。」輕疾說：「雲陽多體同心，若兩方數量相當，牛頭人基本上打不贏的。」

若是賴一心在此，說不定會動起幫兩邊化解仇怨的念頭，但沈洛年可沒這種博愛的胸襟，雖然他也覺得這仗打得有些莫名其妙，卻沒那個勁去蹚渾水，他只望著那端說：「看樣子快打了，兩邊的妖炁突然凝重起來。」

「嗯，快去把藥草分類吧。」輕疾說：「這幾日最少會有數千傷患，你得有心理準備。」

「啊？」沈洛年不禁張大口，那天十幾個就忙得要命，數千個會是怎樣？

果然剛開打不久，數百名傷患就紛紛被扛了進來，不到中午，沈洛年的醫療中心——這小河河畔，到處躺滿了等待治療的牛頭人傷者，別說筋斷骨折、缺胳膊少腿的到處都是，被雲陽凍術冰得渾身發僵的更多。

過去按照牛頭人的做法，是把凍僵的人大半身泡入水中，一面讓水帶走冰氣，一面讓他自生自滅，今日沈洛年在此，他另準備了一些暖心藥物貼上心口，促進血液流動，其他就靠牛頭人自己的能耐了。

這般忙不到一個小時，沈洛年早已頭昏眼花，根本沒時間仔細審視對方的傷勢，幾乎都是輕疾讓他做什麼，他就做什麼，一會兒止血縫線，一會兒裹藥包紮，一旁幫手的牛頭人頂多只能幫忙拿「噢彌」內層網狀纖維胡亂裹起，連打結都得沈洛年親自動手，否則牛頭人粗手粗腳地一扯，往往就把這層網狀纖維扯爛。

沈洛年已吩咐過，最緊急、無法止血的先送來處理，至於一些普通的割裂傷就先扔在一旁不管，反正牛頭人雖然不會救治，至少懂得壓按止血，血能止住的就一時死不掉，不用急著處理。

所以被抬到沈洛年面前的，幾乎都是重傷者，一個個治療的過程中，牛頭人突然送上一個

胸腔破個大孔、肺葉、臟腑亂成一團、血液正狂噴的傷者。沈洛年一呆，卻聽耳中不斷指示的輕疾說：「此人無救。」

沈洛年身上早已經沾滿牛頭人的鮮血，正頭昏腦脹地忙著用血飲袍止血，突然聽到輕疾這麼說，沈洛年不禁一呆，愣愣地看著那名牛頭人。

那受重傷的牛頭人，神智似乎還清楚，也正凝視著沈洛年，但他忍受痛苦之餘，目光中卻透出一抹安詳神情，似乎自己也知道，已經離死不遠。

「神巫？神巫？」身旁協助的一個年輕牛頭人，看沈洛年突然呆住，他拿著一大捧「噢彌」纖維，慌張地喊。

「我知道。」沈洛年應了一聲，一面深吸一口氣，如果連這種情況自己也不使用闇靈之力，以後乾脆也別用了……他望著那重傷的牛頭人說：「你還有什麼要交代的嗎？」

身旁那年輕的牛頭人聞聲，不禁說：「不行了？」牛頭人也知道，過去這樣的傷者都是死定的，送來給沈洛年也只是試試看，但聽到沈洛年這麼說，還是不免有些失望。

躺著的牛頭人自然也心裡有數，他目光轉向年輕的牛頭人，口中低聲說了幾個字，輕疾一個字一個字慢慢地翻譯出來，那牛頭人說的是：「殺、光……雲、陽。」

有這麼大仇恨嗎？連最後的遺言都是這種話？沒什麼話想跟老婆、孩子說嗎？媽的，還不知牛頭人有沒有婚姻制度呢……沈洛年皺眉嘆了一口氣，卻聽年輕牛頭人閉目低聲祝禱：「戰神尤老，請帶領牛首靈魂到榮耀之地。」

這是他們傳統的禱詞吧？沈洛年開口對垂死的牛頭人說：「我幫你解脫痛苦吧？」

「拜……拜託。」牛頭人吃力地說。

不能再拖下去，沈洛年右手探往牛頭人的心口，小心地凝聚著闇靈之力，不讓那黑暗的氣息往外透，慢慢地把闇靈之力送入牛頭人身軀。

送入一定的量之後，那股力量一縮一放，四面泛開，牛頭人渾身一僵，身子突然挺直，這一剎那，他殘存的生命力與精智力，順闇靈之力的指引，穿入玄界向著闇靈流去。同一瞬間，作爲交換的闇靈之力，一小部分凝入這具屍體之中，一部分則流入沈洛年體內。

沈洛年還是第一次使用這種能力，他望著已經停止呼吸、不再動彈的屍體，也不知道之後會發生什麼樣的事情，就這麼愣愣地看著。

「神巫……」年輕的年頭人忍著難過說：「我叫人搬走……」

他說到一半，那屍體卻逐漸冒出了大片煙霧，一瞬間周圍朦朦朧朧地看不清楚，那煙霧還帶著點詭異的獨特味道，迫得沈洛年和那年輕牛頭人都退開了幾步，那牛頭人還忍不住驚呼說：「怎麼了？」

沈洛年卻明白了，闇靈傳來的力量正在作用，因爲骨靈和殭屍不同，不能自主控制闇靈之力，所以傳來之後，闇靈之力馬上散入全身，當下所有水分自然被迫了出來。

這時河邊一陣輕風吹過，煙霧緩緩散去，只見牛頭人全身水分盡失，不過短短數秒的時間，就這麼變成一具乾屍，那原本壯健結實的肌肉、光滑油亮的皮膚，都乾皺緊縮貼合在骨頭上，稍遠點看過去，就彷彿看到一副枯骨一般。

「永久沉睡。」沈洛年在心中暗暗下了指示，失去靈智的骨靈，藉闇靈之力的聯繫，已和沈洛年心靈相通，可以接受最粗淺簡單的命令，在屍靈之王的軍隊中，骨靈正是最低階、最好控制的部隊成員。

但從另外一個角度來說，骨靈缺乏靈智，也不具備「播種」的能力，存活的時間也遠不如殭屍、旱魃，過去的屍靈之王，其實很少親手製造骨靈。

既然沈洛年下了沉睡的指示，這只剩下最後一點靈智的骨靈，自然動也不動，沈洛年還沒來得及說話，那年輕牛頭人已經忍不住驚呼說：「這是怎麼？」

這可不大好解釋……沈洛年搖搖頭說：「他已經沒救了，我幫他提早解脫……這是一種……那個……儀式的效果。」後半句自然是胡扯。

「儀式？效果？」牛頭人似乎聽不大懂。

媽的，該怎麼解釋？沈洛年是第一次看到骨靈，也才知道骨靈外型會改變得這麼明顯，自然沒想好理由。

「適合的儀式嗎？你這樣說吧……」輕疾突然說了一串話。

沈洛年聽完愣了愣，這才對牛頭人說：「我們……嗯……這個……有部分的人類，認為生命死後有天會復活，需要保存好軀體，靈魂回來之後才方便使用……我使用的這種乾燥方式，只要好好收藏，屍體將會長久不壞，這是我們的習慣。」

這一長串，牛頭人可聽不大懂了，他呆了片刻才說：「我們牛頭人，死掉，埋起來。」

「你埋呀，這只是我個人的習慣而已。」沈洛年乾咳了一聲，亂以他語地說：「對啦，你叫什麼名字？該怎麼稱呼你？」

「農摩，我，農摩。」年輕牛頭人有點受寵若驚地說。

沈洛年剛剛也只是故意轉移話題，反正除了皇族之外，每個牛頭人名字都是不易分辨的哞哞鼻音，很難記住。他隨口說：「農摩，可以找人搬走屍體了。」

反正人都死了，而且那儀式聽起來好像是好事，農摩也不計較了，後面還一堆等著要治病的人呢……他連忙找人把這乾屍送了下去，又把其他的重傷者送了上來。

所謂萬事起頭難，既然有了第一次，之後再有無法治癒的傷患，沈洛年就不客氣地施用闇靈之術了，搬運乾屍的農摩等人雖不免疑惑，但沈洛年確實救治了許多牛頭人，而各族的領導者都在前線作戰，這種死人變乾的小事也不值得稟報，自然沒人前來干涉。

值得慶幸的是——牛頭人似乎只有白天打仗，到了晚上還是會收兵休息；沈洛年才有時間診治那躺了一地的傷者，但畢竟他只有一人，就算熬夜不睡也是處理不完，所以某些一時死不掉的傷者，只好先擱著不管，等戰爭結束之後再慢慢治療。

這麼沒日沒夜一個接一個地治療，幾日過去，沈洛年也不知道到底治療了多少人，雖然他還是沒記住那近百種妖界植物的各種效果，但縫合傷口、包紮止血、對骨接合等動作，從一開始的手忙腳亂，到最後居然也變成反射動作一般，效率越來越高。而隨著戰況接近尾聲，受傷的牛頭人也逐漸減少，躺在那兒等治療的傷患，總算不再無止盡地增加。

大部分陣亡者在戰場上就已斷氣，送來的瀕死者其實是少數，所以骨靈一共只製造了兩百多名，但兩百多個精智力換來的闇靈之力也非少量，沈洛年感覺到體內的闇靈之力不斷濃縮凝聚，越來越是強大，也稍感欣慰。這幾天雖然很累，總算有點收穫，可惜這力量用光就沒了，不會自動補足，可不能亂用。

到了第四日，終於聽到戰場那端遠遠牛頭人群起歡呼的聲音，不用問也知道，這場仗終於結束。

總算完了吧？沈洛年忍不住仰天伸個懶腰喘氣，但低下頭，又看到周圍那千多名還等著治療的病患，只好一面嘆氣，一面繼續幹活。

戰爭既然結束，代表不會出現新的重傷者，也就不會再有瀕死的人可以吸收。沈洛年放鬆了心情，一個個治療，這時除了傷者外，來幫忙的牛頭人越來越多，但因爲細工還是必須沈洛年親自完成，實際能幫的忙並不多，一些搞不清楚狀況湊近的反而礙手礙腳，沈洛年最後抓狂大發脾氣，除了這幾日總在身旁的農摩之外，其他人通通趕開，這才繼續工作。

畢竟拿了人家兩百多個牛頭人的生命力，總得做點什麼，但沈洛年又是挺沒耐心的人，只想把這煩人的事情快點處理完畢，當下他咬著牙不眠不休地處理傷患，很奇怪地，周圍圍觀的牛頭人似乎越來越多，彷彿幾萬人都圍在這附近，只顧盯著場中猛瞧。

沈洛年雖然覺得異常，但他的心神都投注在治療之中，也沒時間理會，偶爾還間歇地運用時間能力加快治療速度。只見他動作飛快，彷彿變魔術般地把一個個傷者處理妥當，渴了喝一點水，累了就閉目休息數秒，就這麼一直忙到第七日清晨，最後一個需要處理的傷患終於完成，沈洛年心神一鬆，把手上的藥物針線隨便一扔，找了塊空地躺下，就這麼昏睡過去。

□

沈洛年醒來的時候，天已經黑了，他睜開眼睛，卻見一個不認識的牛頭人，正舉著蒲扇般的大手在幫自己趕走蚊蚋。

看見沈洛年清醒，此時那個牛頭人湊近驚喜地說：「神巫醒來了！」才剛說完這句話，那牛頭人馬上蹦起，轉頭往林中奔去。

這頭牛瘋了嗎？沈洛年莫名其妙，腰瘦背痛地坐起，四面一望，突然詫異地說：「怎麼回事？沒人了？」卻是沈洛年感受到周圍帶有妖炁的個體數量大幅減少，和之前大不相同。

「你睡覺的時候，大部分牛頭人都走了。」輕疾說。

沈洛年四面望了望，突然抱著肚子皺眉說：「媽的，好餓……天啊，我多久沒吃東西啊？」

「最後三天你都只喝水。」輕疾說。

「眞是忙瘋了！以後絕對不當醫生，這不是人幹的工作。」沈洛年苦著臉說：「這次眞是快累死，附近的魚可以吃嗎？還是有什麼現成的？有點懶得去抓。」

「他們有幫你準備。」輕疾說。

「哪兒？」沈洛年目光一轉，卻見一個帶著強大妖炁的龍首牛頭人，右手拿著那造型古怪的長形武器，左手則提著一串不知什麼東西，正走出森林，大步往這兒走來。

「這是那個皇子嗎？」沈洛年現在僅能從外觀認出相處了好幾日的農摩，其他人還是認不得，只從妖炁和那少見的武器亂猜。

「是姜普沒錯。」輕疾說。

沈洛年雖然睡飽了，但全身還是十分疲累，他懶得站起身來，只揮了揮手打招呼：「姜普皇子。」

姜普似不介意沈洛年的無禮，他快步走近，左手一遞說：「神巫，餓了嗎？請用。」

「餓死了，謝謝……」沈洛年正伸手要取，突然微微一愣，手停了下來。那彷彿果實一般的圓球一串串連結在一起，不是別的東西，正是雲陽果。

「這是雲陽體內珍品，十分好吃，對身體也很有幫助。」姜普還在說。

這想必是從被殺死的雲陽體內取出的？沈洛年輕嘆了一口氣，雖然雲陽不知道自己幫忙牛頭人，但還是有點對不起他們……

不過眼下肚子餓，也不介意多愧對一點了。沈洛年伸手取過雲陽果，大口吞嚥著，吃著吃著，沈洛年突然一愣說：「你不說古漢語了？」卻是沈洛年發現自己突然聽得懂，輕疾也沒翻譯。

「這幾日我曾喚出輕疾，學了些神巫使用的語言，這樣對話該比較順暢。」姜普說著還有點生澀的現代中文。

原來這牛頭皇族也有輕疾？妖怪學語言果然很快，沈洛年點了點頭，繼續咬著雲陽果。

「沈神巫。」姜普在沈洛年對面盤腿坐下，望著正大口嚼食雲陽果的沈洛年，思忖了片刻才說：「你眞是人類嗎？」

沈洛年一呆，訝然說：「我當然是人類。」

姜普看著沈洛年說：「以前人類神巫，沒有這種醫術，也不會用這些藥物。」

「人類現在醫術進步很多……」沈洛年突然一驚說：「啊，那些受傷的怎麼都跑光了？換藥、拆線怎辦？」

「既然已經止血縫合，就死不了了。」姜普搖搖那顆怪異的腦袋說：「其他部分自行料理即可，各族一直聚在這兒也不是辦法，我讓大家帶著傷患走了。」

反正自己也不想繼續幹醫生，病人自己跑了，以後有併發症不關我事。沈洛年點了點頭，隨口說：「最後幾天，確實周圍好像圍了很多人。」

「我族每次戰勝後，按照慣例會有一場全族慶典，各族婦孺都會過來集合……但這是第一次有這麼多傷者能活下去，所以當時大家都聚了過來等候。」姜普頓了頓說：「但沈神巫處理完傷者之後卻陷入昏睡，爲了不打擾神巫休息，我便讓他們另找地方舉辦慶典了。」

「啊，皇子怎麼不去？」沈洛年倒有三分不好意思。

「我還有話想和沈神巫說，所以留下。」姜普說：「神巫體無妖炁，不似修煉者，但據說神巫的體能、移動速度都遠勝一般人類，又敢一個人闖來我們部族……我曾懷疑神巫是不是道行高深的天仙，但天仙這時候該還來不了人間，所以怎麼想都想不明白。」

自己的體能狀態確實和普通人類不大一樣，輕疾說得沒錯，牛頭人確實不笨，沈洛年也不擅於找理由，只好說：「反正這世界無奇不有，想不通的事情太多了，別深究吧。」

「神巫的意思是……你真是個沒有『炁』的普通人類？」姜普忍不住又問了一次。

「沒錯。」沈洛年倒是點頭得理直氣壯，自己體內怪氣確實有兩種，就是沒有妖炁。

姜普雖不再問，但他那疑惑的氣味一直沒消退，不過除了疑惑之外，他也不免透出感激和佩服的氣息，畢竟這一場戰役，沈洛年救了不少人。姜普沉吟了片刻接著說：「這次滅殺雲陽的過程中，我族陣亡三千餘人，重傷五千；照過去的經驗，這五千人能活下來的不到一半……這次有神巫相助，只損失不到五百，這份恩情，牛首一族將永誌於心。」

有治療五千人這麼多嗎？沈洛年呆了呆，突然想通，大概姜普把凍傷的幾千人也算了進去，沈洛年搖頭說：「也就是說，你們過去和雲陽作戰，殺敵一萬，也會自損六、七千囉？這是何苦？」

就在沈洛年說完的同一瞬間，姜普的氣息突然變化了起來，冒出了一絲敵意。

這股氣息太沒來由，沈洛年不禁微微一怔，詫異地望著姜普，卻見他四面望了望，回過頭看著自己……那股敵意又慢慢地消退了，沈洛年正覺莫名其妙，姜普這時緩緩開口說：「牛首皇族，壽命約有三千年，我也有千餘歲了。」

「啊？」眼前原來又是一個老妖怪？沈洛年吃了一驚，輕疾不是說牛頭人和人類差不多嗎？

「但一般牛首族，只有數十年壽命。」姜普望著沈洛年接著說：「牛首除了與雲陽戰爭之外，平日逐水草而居，與世無爭，生活單純。大部分牛首族，勇猛善戰，開朗天真，是個很可愛的種族。」

也就是說，只有活很久的皇族，比較奸險狡詐囉？沈洛年一面暗暗腹誹，一面隨便點了點頭。

「單純的種族，一旦恨上了誰，也恨得直接而強烈。」姜普看著沈洛年說：「仇恨一代代累積，這數百代數千萬牛首族人累積起來的憎恨，彷彿奔騰凶猛的河水，想讓水流逆轉，不只吃力不討好，還很有可能被洪水滅頂。」

這話好像有點難懂，年僅十七歲的沈洛年對人生還沒有很深刻的體會，一下聽得有些迷迷糊糊，只覺得口中吞著的雲陽果，突然變得有點兒苦澀。

姜普似乎也有點感慨，他沉默片刻，終於起身說：「神巫還有什麼要交代的嗎？如果沒有，我將率領族人離開。」

「沒有。」沈洛年還沒吃飽，一面咬雲陽果一面說：「一路順風。」

姜普轉身，邁開大步走出了十餘步，突然又回過頭看著沈洛年，幾秒後，他轉過身子，走了回來。

又幹嘛？沈洛年詫異地看著姜普。

「我現在才確定，沈神巫對牛首一族當眞別無所求。」姜普目光中透出和善和親切，望著沈洛年說：「你是個眞正偉大的神巫。」

沈洛年可有點臉紅了，這趟雖然辛苦，但自己可沒有做白工，當不起這種讚美，他連忙搖手，胡亂地說：「沒有什麼啦，只是……那個……剛好無聊而已。」

「沈神巫願意隨我們去嗎？牛首一族會盡力滿足神巫的需求……日後想必還有很多要借助神巫能力的地方……」姜普頓了頓又說：「若神巫有妻妾子嗣，也很歡迎一起帶去，由我族奉養。」

媽啦，要我當御醫嗎？才剛發誓以後不當醫生的沈洛年，連忙搖手說：「不要！不幹！我習慣自己一個人過日子。」

「那就太可惜了……」姜普看來十分惋惜，他沉吟片刻，突然舉起那造型古怪的長武器，從尾端拔下一塊塞子，倒出一片捲起的古怪皮革，遞給沈洛年說：「請沈神巫以此護身。」

什麼東西啊？沈洛年詫異地說：「不用給我東西啊，我是自願來幫忙的。」

「神巫雖然樂於助人，但這世間個性怪異的強大妖怪太多，神巫只是普通人類，又一個人到處走，不免遇到危險。」姜普望向手中的皮革說：「此物雖沒有攻擊能力，卻稍有自保之力，希望能對神巫有所幫助。」

自保用的東西嗎？沈洛年可有三分心動了，他遲疑地說：「是很珍貴的東西嗎？」

姜普搖頭笑說：「此物對他族來說雖算少見，但牛首皇族不缺此物，神巫可放心接受。」

沈洛年說：「那……這是什麼東西？」

「我們牛首皇族，千年一換角……」姜普緩緩攤開皮革，皮面上現出了一個維妙維肖的赤紅色牛頭圖樣，他看著那圖樣說：「皇族牛角千年瑩潤、精氣匯聚，將雙角研磨為粉，混以本人鮮血，以妖炁培育化精，最終將形貌凝化於皮製小旗，是為統帥部族專用的『牛精旗』，這旗無法仿製，在牛首族中一向代表本人親臨，因此旗乃我精血所製，故亦可稱『姜普旗』。」

ISLAND
原來這人不是眞笨

「牛精旗？姜普旗？」沈洛年望著那約有人臉大小的三角皮製小旗，看著那恍若實物一般的鮮紅色牛頭圖樣，詫異地說：「可以做什麼呢？」

「一般牛族並不能很快分辨出人類的長相，神巫帶著這旗，可避免我族有人不慎冒犯……以此旗對任何我族中人展示，會獲得牛首族全力協助。」姜普頓了頓又說：「若有任何需要姜普幫忙的事情，也可以此旗爲證，託我族人傳話……可惜神巫體無妖炁，否則使用輕疾傳訊更是方便多了。」

「其實……」沈洛年陡然想起牛頭人討厭別人說謊，只好把自己也有輕疾的事情縮了回去，改口說：「這旗子就是用來傳話嗎？應該不大需要……」

「那只是附帶的，眞正的功能是這樣。」姜普拿起小旗，迎風一搖，下一瞬間，周圍突然無端端泛起大片白色濃霧。

沈洛年大吃一驚，眼看著離自己不到半公尺的姜普，身影越來越模糊，他忙說：「這是怎麼回事？」

「我道行淺薄，濃霧效力只在百步之內。」姜普迅速地捲起「姜普旗」，只見濃霧緩緩消散，周圍的景物又漸清晰，姜普遞給沈洛年說：「若遇到危險，神巫可展旗藉霧而遁，晚上效果更好，使用幾次後如濃霧漸淡，請泡水一段時間，又會恢復。」

眞是好個逃命寶貝！比煙霧彈方便多了。沈洛年接著「姜普旗」，遲疑地說：「你們眞不缺這東西？」

「沈神巫放心，我族皇族，每隔千年都會製作一面，越來越大，這種最小的，一般只用來傳令。」姜普笑說：「戰場用到的，通常都是三千年以上的牛精旗……展開後能千步生霧，那才眞有用；不過此物只能遮蔽視線，若遇到嗅覺、聽覺或感應力靈敏的敵人，效果就不大了，神巫務須小心。」

對方既然很多這種東西，倒眞的可以拿一面走，看來這些牛的鼻子一定很靈，才能用這東西打仗，沈洛年不再客套，點頭說：「那就多謝了。」

姜普露出笑容說：「那麼……我這次眞的要率族人離開了，沈神巫請多珍重，期待日後再見。」

「你也珍重。」沈洛年說。

姜普不再多言，對沈洛年行了一禮，轉身大步而去，沈洛年感應得清楚，最後留下的數十名牛頭人們，也都隨著姜普去了，這片數日前蝟集了數萬人大戰的森林，就這麼突然變得冷冷清清，一點聲音都沒有。

這姜普旗該放收到哪兒去呢？隨便扔怕掉了……沈洛年看了看吉光皮套，見內側似乎還有一點縫隙，當下把姜普旗擠了進去，沈洛年一面塞，一面隨口說：「輕疾，爲什麼這旗子能起霧啊？」

「牛頭人皇族不擅玄界道術，但他們的牛角凝聚妖炁千年後，能直接與玄界連結。」輕疾說：「每隔千年，將脫落的牛角煉旗爲精，使能納水入玄界，並能迎風化出水霧，是他們皇族的習俗，有點類似一種成人儀式。」

「嗯……那打仗應該很好用囉？」沈洛年疲憊還沒恢復，坐在地上懶洋洋地問。

「其實會被霧所惑的妖怪並不多。」輕疾說：「比如他們的敵人雲陽，就完全沒眼睛。」

「對喔，這倒是可惜了。」沈洛年呵呵笑說。

「對你來說，用途也不算太大。」輕疾接著說：「若你使用闇靈之力，周圍水霧馬上會被驅散。」

「啊？這樣嗎？」沈洛年完全沒想到。

「闇靈之力本就是水霧剋星，許久以前牛族曾和龍族聯軍連場大戰，後來龍族誘引旱魃入戰場，當場水霧全消，牛族猝不及防，因而大敗。」

「呃……」沈洛年不滿地說：「不早點說，剛剛我就別拿了。」

「只使用道息能力逃命的話，倒可以。」輕疾說：「要往下風處跑，免得對方嗅到你的去向。」

「可以用就好。」想想沈洛年又覺得不對，詫異地說：「聽懷眞說龍族很強啊，怎麼會打不過牛族？而且對龍族用這種水霧怎會有用？」

「因爲當時的牛精旗不只有霧而已。」輕疾說：「牛族曾十分強大……當初兩方衝突，牛族皇族首領尤老，煉出霧中蘊有迷魂力的大型牛精旗，展開彌天大霧，打得龍族潰不成軍、九戰九勝，到了第十戰才因旱魃闖入戰場而慘敗；但那場戰爭後，牛頭人當時的皇族被龍族全面剷除，現在的牛首皇族，不過是當時一個殘存支脈重新傳開的血脈，壽命最多只有三千餘，已遠不如前，牛族皇族本有的『奮勇之氣』，也因此絕滅。」

沈洛年呆了片刻才說：「好慘啊……後來呢？聯軍又是什麼意思？」

「那時三大龍族還沒決裂，所以說是龍族聯軍。」輕疾又說：「但牛族一滅，龍族別無敵手，一段時間後，就因內部衝突而分裂……本來應家據地、敖家潛水、計家飛空，三族各霸一方，但敖家突然想上岸，就和地面上的應家起了衝突。」

「後來應家輸了跑去歐洲？」沈洛年聽過懷眞提起此事，所以那時才跑去北歐挖寶。

「是。」輕疾接著說：「應氏翼龍一族和敖氏虯龍衝突之際，計氏蛟龍兩不相幫，先一步率族離開，眼不見爲淨；應龍一族與牛族一戰中本已大傷元氣，加上族內不擅合作，終於敗退至西荒，最後是敖氏虯龍大獲全勝。」

「嗯……」沈洛年聽著聽著，不禁有點感慨，這些強大的妖怪也不知道活了多少年，怎麼還喜歡打來打去？還好不是每種妖怪都這樣，懷眞那種個性的妖怪，就算活個幾萬年，大概對權力爭鬥還是沒興趣吧？

對了，吸收到兩百多份闇靈之力的好消息，要不要告訴那臭狐狸精一聲？這一想到懷眞，沈洛年嘴角自然露出了笑容。

「補充一點，我說的是大部分妖仙都知道的常識。」輕疾突然說：「如果有不屬於常識的部分，我不會提出。」

「什麼意思？」沈洛年回過神，詫異地說：「那些戰爭還有什麼不爲人知的故事嗎？」

「此爲非法問題。」

「媽的，又來了。」沈洛年好笑地罵。

反正再怎麼罵輕疾也不會生氣，沈洛年懶得再說。他這時已吃完雲陽果，也稍微恢復了體力，沈洛年站起身來，望著西方片刻，突然輕身飄起，沿河點地往西方飛掠。

奔出不到十分鐘，沈洛年就到了數日前大戰的河中土丘上，四面望去，本來在這兒據河而

守的萬餘名雲陽們，現在已經被拆散成了沒有氣息的殘枝碎木，稍微軟嫩一點的部位，都被牛頭人當作戰利品取走，之後大概會變成牛頭人慶典上的美味佳餚吧？沈洛年踩在這些遺骸上，不由得有點感慨。

這土丘上不只是雲陽死盡，連稍高一點的樹木都被折斷拆散，一眼望去，雖然滿是層層疊疊凌亂的斷木碎枝，卻又顯得十分空曠。

沈洛年望著土丘的邊緣，無數散碎的枝條細末，順著水流和河岸，一面打轉一面往下淌，戰役結束已經三、四日，當初混著土泥、流淌著鮮血的河水，已經恢復了清澈，這些枝條上想必也混著不少牛頭人的鮮血吧？

此時正當陰曆月初，只能藉著星光視物，其實並不怎麼適合夜遊……自己到這地方幹嘛？沈洛年問著自己，卻回答不出來，他推開一地碎枝，坐在地面上，輕輕嘆了一口氣。

是感傷生命的消逝嗎？也不應該吧，雖說雲陽死了一萬多人，但當初四二九大劫，別說全世界死了多少人……單是自己的故鄉台灣就幾千萬人喪命，自己卻不怎麼在意，但為什麼這和自己幾乎沒關係的雲陽，卻讓人有些鬱悶呢？

莫非是因為自己藉著這場戰爭，獲得了些好處？沈洛年想著想著，突然明白了，自己藉著牛頭人和雲陽打仗，取得了一定的利益，在這過程中，至少救了幾千個牛頭人的性命，卻一點也沒幫上雲陽……如果能爲其他存活的雲陽做點什麼就好了。

但懷眞說過，雲陽很討厭欠人人情，牛頭人送自己一面會冒煙的旗就算交代了，若自己做了什麼，使雲陽老是記掛著，可不大好意思……沈洛年正思索著，突然有點疑惑地四面看看說：「怎麼總覺得有點怪怪的，莫非因爲這兒死的人太多，陰氣太重嗎？」

輕疾卻說：「你身爲屍靈之王，說這話頗不適合。」

「呃……」沈洛年自己也覺得好笑，搖頭說：「我只有兩百多個死人骨頭當手下，算不了什麼王吧？」

「也對。」輕疾說。

「我覺得怪怪的地方是……」沈洛年四面張望說：「這小島上的妖炁似乎比較重，比外面還重一點點。」

「這森林有很多帶著妖炁的植物。」輕疾說。

沈洛年搖頭說：「我知道，但不大對，且不說死光的雲陽，這兒只剩下短草矮蕨和藤蔓，妖炁爲什麼會比外面還重？」

輕疾很難得停了幾秒，才說：「依你的判斷呢？」

「等等，我要更集中注意力。」沈洛年半閉著眼睛，放緩心情，身體放鬆，將全部的注意力都用在感應周圍的炁息狀態。過了片刻，沈洛年才睜開眼說：「有很多，卻很細小的妖炁源……而且那氣味挺熟的……」

他目光往下，突然彎下身，伸手想撥開身旁不遠一處碎木堆時，輕疾突然開口說：「且慢。」

沈洛年一呆停手，開口說：「你瞞著我什麼？」

「此爲非法問題。」輕疾不等沈洛年開口罵人，馬上接著又說：「但你若翻開，就會發現，所以我才開口。」

「底下是什麼？」沈洛年眼神一亮說：「雲陽果然沒死光？」

「那是雲陽留下的生命濃縮種子，正開始重新抽芽。」輕疾說：「雲陽從不讓外人知道此事，自然是非法問題。」

「都有留下嗎？」沈洛年興奮地說：「一萬兩千株？」

「此爲非法問題。」輕疾說：「請自行搜尋資料，若你獲得的資料足以判斷，我才會依據你的資訊，協助整理答案。」

輕疾不說也是情有可原，這可是雲陽的大祕密，若傳了出去，可十分危險。沈洛年感應著周圍的狀態，自己暗暗估計著，那和一般植物相差彷彿，微弱的雲陽妖炁，似乎只有數千株散布在外圍一圈……看樣子這些雲陽應該是自忖必死之後，才留下了傳續生命的東西……

雖然說這次牛頭人本就沒把所有雲陽困住，但多個保險總不是壞事，沈洛年有點高興地說：「似乎有三、四千吧？我能爲這些種子做什麼？」

「你想做什麼？」輕疾說。

「不知道啊。」沈洛年頓了頓說：「可以澆水嗎？」

「不需要。」輕疾說：「河中土丘，土壤潮濕肥沃，這兒降雨量也很大，過數日根部穩定後，只要感覺周圍沒有不安全的妖炁，雲陽就會快速生長，數年後，才會開始妖化引炁。」

總之自己幫不上忙就對了，不過知道雲陽沒死光，沈洛年的心情也好了些，他站起拍拍身上的泥灰說：「好吧，回家再睡一覺！啊，我忘了要抓妖怪給鄒姊，糟糕，都過七、八天了，這附近有沒有低智商的小妖怪可以抓？」

「低智商？」輕疾不很明白沈洛年的定義。

沈洛年遲疑了一下才說：「就是……靈智比較低的，殺來吃比較不會過意不去。」

「有，而且不少。」輕疾說。

「我怎麼都沒感覺到？」沈洛年吃驚地說。

「這附近植物妖炁漸增，足以掩蓋他們的妖炁。」輕疾說：「東方高原附近，你才能靠妖

炁感應找出這種生物。」

「可是那邊的都被抓光了啊。」沈洛年說。

「那麼……建議你試著用其他五感捕捉。」輕疾說。

「呃……」沈洛年抓了抓頭，看著周圍茂密的森林，頗有點不知該從什麼地方開始下手。

□

而在台灣那邊，這時剛日出，賴一心、葉瑋珊兩人正沿著花蓮溪的支流木瓜溪畔，點地飄掠、溯溪而上。這條溪，正是十餘日來不斷順水漂下巨木的溪流。

一週前賴一心建議眾人離開台灣，四處搜救其他地區的人們，葉瑋珊則要求先問過懷真之後再做決定，但一個星期過去了，木料雖然仍不斷往下漂，懷真卻一直沒出現，於是兩人約好了今日清晨溯溪而上，要入山林中尋找懷真的蹤跡。

賴一心不能飛騰，他一跨步就躍出老遠，葉瑋珊則在他身側，亦步亦趨地並肩飄行，當賴一心落地時，也跟著點地稍歇，兩人這麼一路往山裡走。很快地河畔路面消失，正沿著河岸亂石騰行時，賴一心突然開口說：「瑋珊，我們兩個第一次單獨在月圓夜抓妖怪，好像也是到這種沒路的地方，一樣有條山溪。」

「對啊。」葉瑋珊露出微笑說：「那是在桃園的山區……沒想到你還記得。」

「那時我雖然學過很多功夫，但才剛加入道武門不久，力道拿捏得不很好。」賴一心說：「也有點緊張。」

「你緊張？」葉瑋珊噗哧笑說：「別騙我，你總是天不怕地不怕的，什麼時候緊張過了？」

「不是因爲妖怪緊張啦。」賴一心有點尷尬地說。

葉瑋珊微微一愣說：「那不然呢？」

「那是……」賴一心頓了頓，才乾笑說：「因爲是第一次跟妳兩個人出去。」

葉瑋珊意外之餘，心中微微一甜，但口中卻說：「跟我出去有什麼好緊張的？」

賴一心抓抓頭，尷尬地笑了兩聲，沒繼續說話。

葉瑋珊瞄了賴一心一眼，也不追問，兩人又並肩飄行了一段距離，葉瑋珊忽然開口說：「我們第一次見面，你還記得嗎？」

「在門派道場吧。」賴一心說：「我發現學校裡有名的那個才女，居然跟我同門，而且可能是門派的未來繼承人，眞是嚇一大跳。」

「那是正式見面。」葉瑋珊抿嘴笑說：「但過去早就見過了吧？」

「嗯，學校遇過幾次……」賴一心思索著說：「最早應該是高一剛開學不久，大家都跑去看妳那時候，不過那時妳該沒看到我才對……」

「你也在那群人裡面啊？」葉瑋珊瞪眼說。

「對啊。」賴一心笑說：「人家說有美女我就去看了。」

「幹嘛湊熱鬧？」葉瑋珊嘟嘴說：「我們在國中就見過了。」

「啊？」賴一心吃驚地說：「我們唸不同的學校啊，妳那時不是讀私立中學嗎？」

「你國三的時候，來我們學校比過柔道。」葉瑋珊頓了頓說：「就是那所……因爲你上午贏得太漂亮，下午自由練習的時候，故意把高中學長叫來找你麻煩的學校。」

「啊……晏文中學！我都忘了，妳確實是那所學校的……」賴一心說到這兒，突然一愣說：「妳怎麼知道那件事？」

葉瑋珊卻不回答，看著一頭霧水的賴一心片刻，才哼聲說：「你這瘋子，聽到有高中學長要來找你比試，居然高興成那樣，我從沒見過這種人。」

「妳怎麼知道？」賴一心詫異地說：「那學校……該只有一個人知道啊。」

葉瑋珊卻瞪了賴一心一眼，只哼了哼，卻不說話。

「妳……」賴一心呆了呆才說：「那小個子難道是妳派來的？」

「那就是我啦！」葉瑋珊停下頓足說：「你這笨蛋！你當眞一直以爲我是男的？」

賴一心停下腳步，張大嘴巴，傻了好片刻才說：「那小……眞是妳？不對吧……」

葉瑋珊白了賴一心一眼說：「我當時輾轉聽到這消息，不便出面阻止，又不想讓你吃虧，所以戴了頂大帽子，收起頭髮過去找你通風報信……你認不出我是誰也就罷了，居然把我當成男孩子！太過分了，我後來氣了好久！」

「呃……」賴一心抓頭說：「妳不只戴帽子，還穿著運動服……我看不出來。」

「對不起，我身材不好，不像女人。」葉瑋珊板著那張俏臉說。

「我不是這意思……」賴一心乾笑說：「大概是我聽到消息以後太高興了。」

「眞是神經病。」葉瑋珊說：「那時你才國三，體格怎麼比得過高三的？居然高興得跳了起來。」

「我後來也沒輸啊。」賴一心笑嘻嘻地說。

「你是怪物。」葉瑋珊撇了撇嘴說：「反正我多此一舉。」

「原來那人是妳……」賴一心突然說：「我當時一直想問妳一個問題，但妳那時一下就跑了，來不及問。」

「你叫我小弟，我當然生氣地跑了。」葉瑋珊瞪眼說：「要問我怎麼知道的嗎？我當時是學生會會長，各社團競賽活動的狀況當然會去了解，很容易就會得到消息。」

賴一心搖頭說：「不，我是想問……妳怎會特地來提醒我這種事？那時我們又不認識，妳又是那學校的人。」

「我常看你比賽……」葉瑋珊說到這兒，臉突然微微一紅，轉過頭說：「反正我們學校輸就輸了，不該用那種手段對付你。」

「原來是這樣……」賴一心笑說：「後來我們居然同一間學校，眞是好巧。」

這大笨蛋！若不是爲了他，自己幹嘛讀那三流學校？還安排舅舅去找他？葉瑋珊又說不出口，恨恨地瞪了賴一心一眼，板著臉往前飄。

賴一心卻追了上來，輕抓住葉瑋珊的手說：「瑋珊。」

「幹嘛？」葉瑋珊還帶著點怒氣。

「我不是很聰明，有時候不知道該怎麼做比較好……」賴一心頓了頓才柔聲說：「我怕妳會不好意思。」

原來這人不是眞笨，卻是裝傻，葉瑋珊臉一紅，捏著賴一心的手，輕輕搖了搖頭，兩人對望片刻，這才並肩繼續往山林中飄行。

這溪流旁的林木早已經被砍得光禿禿的，加上最近不斷地震山崩，到處都是崩落的土塊，本就已經難看的山坡，更是變得坑坑巴巴，不過對情侶來說，就算是醜惡貧瘠之處，只要能攜手並行，也彷彿天堂一般。

剛翻過一條小瀑布，卻見上面有座小湖，不少木料在瀑布口塞住，沒有往下流，兩人微微一愣，看這兒的地形，得有人常常來搬運才行……

「喂！」突然前方傳來一聲輕叱。

賴一心與葉瑋珊一驚轉頭，卻看到不遠處一座小山丘上，站著兩個看似不到十歲的小女孩，正繃著兩張小臉瞪著兩人。

這兒怎麼會有小女孩？莫非是妖物？兩人同時一愣，賴一心自然而然地站在葉瑋珊身前，橫槍於胸，仔細打量著對方。

這麼仔細一看，兩人不由得又吃一驚，那是兩個五官秀美、髮色不同的小女孩，一個擁有金色波浪雲朵般的大片鬈髮，另一個則有一頭彷彿黑瀑般的滑順秀髮，兩個女孩一樣精緻可愛，就像一對漂亮的娃娃，雖然衣服髒破，身上帶點泥污，仍讓人看了十分喜愛。

賴一心看了半天，感覺不出對方的妖炁，詫異地說：「小妹妹，妳們……」

金髮的女孩並沒開口，她只瞪著大眼，面色不善地看著兩人；稍矮一點點的黑髮女娃則沒什麼表情，只揮手說：「回去下面村子，別到這兒來。」她清脆明亮的聲音，一字一句十分好聽。

這兒不可能有普通的孩子，何況還生得這麼秀美？但當眞是妖怪嗎？葉瑋珊試探地說：「妳們是哪兒人？住這上面嗎？」

那兩個小女孩皺眉對看一眼，金髮女孩似乎低聲說了什麼，黑髮女孩卻搖搖頭說：「不可以，媽媽會罵我們。」

金髮女孩嘟起嘴來，扠腰瞪著下面兩人。

「你們兩個快回去，這不是你們該來的地方。」黑髮女孩又看著賴、葉兩人說。

這兩個小女孩，自然是在懷眞與沈洛年協助下，化爲人形的小窮奇山芷與小畢方羽霽；她們倆面對賴、葉兩人時，和在沈洛年面前的態度大不相同。

原來除沈洛年這特例外，一般來說，窮奇對人類十分沒有好感，不只平常不會接近，若有人不知死活惹上來，就算不拿來當食物，也多半會咬得對方半死不活，所以人類過去一直把窮奇當惡獸。

畢方雖然也看不起孱弱的人類，但這族仙獸秉性高傲，喜歡被尊崇、重視的感覺，偶爾還會主動對人類施惠，遇到人的態度也較和善，也因此常常被當成仙獸來崇拜，至於羽霽討厭沈洛年，主要是因爲玩伴被搶，也屬於特例。

所以當看到有人類貿然接近，山芷就想動手揍人，反而是羽霽在攔阻。

「兩位小妹。」賴一心笑說：「我們是要上山找人的，可以請問一下嗎……」

「不可你！」山芷打斷了賴一心的話，她聲音軟綿綿的還帶點鼻音，十分可愛，但語氣卻挺凶。

「是『不可以』啦。」羽霽轉頭低聲罵，原來山芷平常不愛說話，變身爲人這麼許久之後，腔調卻還常常抓不準。

山芷也不在乎自己說錯話，她突然蹲下身，捧起一個有她半個身體大的石頭，對著賴一心直扔了過來，一面用那嫩嫩的嗓音嚷：「回去啦！」

人類小女孩怎麼可能辦得到這種事？眼看那大石塊正對著自己衝來，上面蘊含的力道似乎不小，賴一心可嚇了一大跳，他聚炁於銀槍，點拖之間把石頭引開，當石頭轟隆隆地往外滾，山谷間回音震起時，賴一心詫異地說：「妳們……到底是什麼……？」

「笨小芷！」羽霽頓足說：「這樣就被看出來了啦。」

「看出來……就打架吧！」山芷對羽霽一笑，身上爆發出妖炁，轉頭向兩人撲了過來。

看來也只好這樣了，羽霽不再阻攔，盤起手臂看戲，自己只要沒動手，應該有機會不挨罵。

這和人類明顯不同、而且十分強大的妖炁一出，賴一心和葉瑋珊就肯定眼前必是妖怪，賴一心長槍一挺，槍尖對著撲來的山芷，一面輕呼：「瑋珊退。」

山芷和羽霽之母，雖然都婉拒了懷眞提供的贓物當武器，但兩族各自保存的武器可還在仙界，這段時間只能練習著用手腳攻擊，反正兩人平常也常撲打爲戲，倒也不算太生疏，山芷繞過槍尖，兩手齊張，對著賴一心的腦袋抓去。

這小女娃渾身妖炁凝聚如實，可不能硬接，賴一心長槍一引，一面斜退了兩步，一面把山芷的力量錯出外門。

山芷微微一愣，飄身浮起，揮舞著那雙蘊含強大妖炁的小手，對著賴一心上盤四面亂撲……雖然現在沒有爪牙，若眞被拍上，賴一心一樣承受不起。

對方會飛又有妖炁，看來一定是妖怪……賴一心小心應付了幾招，確定對方妖炁強度遠過於己，似乎……不下於普通的刑天？不過招法可就比刑天生澀多了。

半年前，那時賴一心才剛開始吸收妖質不久，在人類堡壘外，他就曾短暫地和刑天一對一較量過幾招，雖然吃力，但已經勉能應付一小段時間，若不是刑天要周圍鑿齒一擁而上，賴一心說不定還能支持更久，今日面對動作更單調的山芷，賴一心雖仍無法硬碰山芷的強大力量，但只要不斷地化勁帶開，倒也應付自如，甚至因爲山芷動作太過直來直往，賴一心若趁隙急刺，實在頗有機會傷到對方。

不過眼前這女娃兒般的妖怪生得如此可愛，賴一心實在有些下不了手，反正對方威脅性還不大，且先拖延一段時間，再做打算。

山芷卻是越打越火，她和羽霽打鬥時雖然也常撲空，但那是因爲羽霽移動的速度較快，避開了她的攻擊，絕不是這種軟綿綿不著力的感受，山芷不明白這種偏力化勁的原理，一面怒叫，一面身子越衝越快，妖炁更是不斷往外勃張。

在一旁觀戰的葉瑋珊自是十分緊張，她身爲發散型變體者，對山芷的強大，比賴一心更有強烈的體會，但對方身軀嬌小、不斷移動，想施展炎靈咒術攻擊十分不易，一般炁彈之類的道術又不具有足夠的攻擊力……而且若自己貿然參戰，萬一把那個旁觀的黑髮小女孩引出手，可就更不妙了。

山坡上，羽霽望著戰團，卻也頗爲疑惑，這人類的動作似乎很古怪……明明很弱不是嗎？爲什麼山芷怎麼衝都打不到他？不明所以的羽霽倒也不急著出手，挺想多看幾眼。

「小霽。」

正觀戰的羽霽一呆回頭，卻見懷眞已經站在自己身後，羽霽一驚忙說：「我沒有動手喔！不可以跟我媽說。」

「距離這麼近，還需要我說嗎？妳們媽媽早就知道了。」懷眞笑說：「那兩人我認識，快去阻止小芷，她妖炁再催下去會現形的，這時候可沒法變回人。」

只有自己一個變人就不好玩了……羽霽連忙飄起，一面叫：「小芷！停啦！」

但一直被引得到處亂轉的山芷，這時候卻正火大，根本不理羽霽，只顧著死命衝撲，全身妖炁直往外湧。羽霽看狀況不妙，直接飛了過去，半空中一把抱著山芷，兩人就這麼翻滾飛轉，直滾出數十公尺。

山芷滾了半天停下，才搞清楚方位，又想往賴一心那兒衝，羽霽忙抓著喊：「那是懷眞姊姊的朋友。」

山芷哪管這麼多，甩開了羽霽要撲，卻見懷眞已經擋在眼前，開口說：「也是洛年的朋友。」

這話倒有用，山芷停了下來，詫異地說：「洛年的？」

「對啊。」懷眞微笑說：「妳打傷人家，洛年會生氣的。」

羽霽卻暗叫可惜，原來是那討厭傢伙的朋友，早知道剛剛應該出手幫忙，打死再說，大不了挨上一場罵……那討厭傢伙若因此和山芷鬧翻就好了。

「懷眞姊，妳果然在這兒。」賴一心和葉瑋珊也看到了懷眞，兩人又驚又喜地說：「這兩個小女孩……是……」

懷眞先對賴、葉兩人點頭招呼，跟著又對山芷和羽霽說：「妳們先回去找媽媽，他們是來找我的。」

羽霽正要點頭，山芷卻有點擔心地看著走近的賴一心說：「我沒有，打到你喔。」

賴一心一呆，不知這句話是什麼意思，卻見懷眞摸了摸山芷的頭笑說：「我要他們對洛年保密，好不好？」

山芷這才露出笑容，和羽霽兩人攜手往上游的方向飛去。

「聽到了吧。」懷眞笑說：「那小丫頭拜託你們別跟洛年告狀。」

「那……那眞是妖怪嗎？和人類好像啊……」賴一心詫異地說：「洛年也認識？」

「對啊，我們是縛妖派啊。」懷眞說：「認識些妖怪也不稀奇，她們倆的媽媽正在幫你們砍樹。」

「懷眞姊。」葉瑋珊忍不住問：「這妖怪如此強大，她爲什麼怕洛年知道？難道妖怪……也怕洛年生氣嗎？」莫非沈洛年的壞脾氣連妖怪都鎮得住？這實在是匪夷所思。

懷眞聽到葉瑋珊的問題，忍不住噗哧笑說：「何止怕洛年生氣，妳不知道那小丫頭多喜歡洛年。」

「呃？」葉瑋珊不禁瞪大眼睛。

懷眞不想多提此事，搖搖頭收起笑容，望著兩人說：「怎麼突然跑上來？還好今天我剛好能見你們，否則你們眞得被那兩個小鬼宰了。」

「我們沒想到會有危險……」葉瑋珊有點不好意思地說：「懷眞姊很忙嗎？我們有幾件事情想和妳商量一下。」

「嗯……也不是忙。」懷眞輕嘆了一口氣說：「還不都是洛年害的……你們有什麼事情？說吧。」

「木料差不多夠了。」葉瑋珊說：「多謝懷眞姊這幾天的幫忙，」

「夠了嗎，那就太好了。」懷眞說：「我正覺得我快撐不下去……我這一走，她們應該也會離開。」

「懷眞姊。」賴一心越聽越不對勁，有點擔心地開口說：「妳莫非有什麼煩惱還是不適？如果我們有任何可以幫得上忙的地方，請儘管說。」

懷眞微微一笑說：「你們幫不上忙的，我……算是生了一種病吧。」

「山下有醫生啊。」賴一心說：「如果需要什麼藥物，我們會一起去幫忙找的。」

「沒藥醫的。」懷眞抿嘴一笑說：「這麼關心我，不怕瑋珊吃醋嗎？」

葉瑋珊臉龐微紅地說：「懷眞姊，我也希望能幫得上忙啊。」

「對啊。」賴一心呵呵笑說：「瑋珊不會爲這種事情吃醋啦。」

見賴一心說得這麼有把握，葉瑋珊倒是忍不住瞄了他一眼，不知道這傢伙信心都是哪兒來的？他又知道自己不會吃醋了？

ISLAND
妳忍不住，我忍得住！

懷眞最近確實心中有事，所以眼下也懶得多開玩笑，搖搖頭又說：「除了木頭之外，還有什麼事情嗎？」

「這個……」葉瑋珊看了賴一心一眼說：「一心覺得台灣暫時安全了，建議我們去世界上找尋其他的倖存者……懷眞姊有什麼看法？」

這小子想找死嗎？懷眞忍不住皺眉瞪著賴一心，卻見他乾笑著說：「如果懷眞姊和洛年能一起去，就更好了。」

就是沒法對這小子生氣，他祖上八成眞有聳伏之氣的血脈；自己此時道行大減，定力不足，倒有點不易對付……懷眞搖搖頭說：「你怎麼老是找麻煩？」

「呃？」賴一心抓抓頭乾笑說：「懷眞姊不想去嗎？大家一起去玩啊。」

「我當然不能去，我……」懷眞頓了頓才說：「剛剛不是說了嗎？我身體有病。」

「那洛年呢？」賴一心不死心地說。

懷眞聽到這更氣了，瞪眼說：「我才不准他去！太危險了。」

賴一心似乎十分失望，回頭看著葉瑋珊，有點不知該怎麼辦。

別人不去，當然不能勉強，葉瑋珊輕拉了拉賴一心的手，一面表示安慰，一面接口說：「懷眞姊別理會一心，他有時候就是太一廂情願了……我這次來其實是想問，我們離開台灣以後，這兒不會有什麼問題吧？」

「應該沒問題……但你們眞的要順著這小子啊？」懷眞看著葉瑋珊問：「沒有一個人反對嗎？」

「這……」葉瑋珊苦笑說：「一心也有他的道理。」

「對啊。」賴一心忙說：「我們也不打算干擾強大的妖怪，只是去找找有沒有倖存者而已，他們需要幫忙的。」

「以爲不主動干擾就沒事了嗎？」懷眞哼聲說：「剛剛不就差點被妖怪殺了？還好你們遇上的不是小芷的媽媽，否則哪能撐到我趕上？」

「小芷媽媽更強嗎？」葉瑋珊忍不住想問，萬一到處都是那種妖怪怎辦？

懷眞說：「那兩個小鬼不過百多歲，她們媽媽可是千年以上的道行，怎麼比？」其實因爲仙獸結胎時道行有一部分傳承，並不能單純以歲數來計算，但懷眞忍不住想嚇嚇這些不知死活的人類，故意說得誇張了些。

「這……」賴一心尷尬地說：「因爲她們和人類一樣，又收斂起妖炁，我們才沒避開……這種妖怪應該不多吧？」

以現在來說，確實是不多，而眞正討厭被人打擾的強大妖怪，大多會放出足以感應的強大妖炁，也不難趨避，若和收斂妖炁的妖怪狹路相逢，除非對方本就打算獵食，否則通常不會隨便動手，大多會先威嚇警告或驅趕，剛剛山芷、羽霽也是如此……但懷眞卻不甘願就這麼讓賴一心安心，故意沉吟著不開口。

自己現在狀況特殊，不能跟著這群人亂跑……話說回來，若不是爲了沈洛年，誰管這群人的死活？卻不知那臭小子在噩盡島，有沒有安分守己地待著？

想起沈洛年，懷眞突然一驚，他若知道這群人跑去冒險，自己又不能保護，會不會忍不住跟了過去？該瞞著他嗎？但那傢伙脾氣不小，若知道自己瞞著他，以後相處恐怕不開心……這又該如何是好？

見懷眞沉思著，臉上神色變換，葉瑋珊和賴一心對看一眼，還是由葉瑋珊開口輕喊：「懷眞姊？」

懷眞回過神來，勉強一笑說：「你們打算怎麼走？」

賴一心當即說：「先往南去菲律賓、馬來西亞，再繞去東南亞……」

「那些是……」懷眞對這些國家名稱不是很熟悉，她想了想才說：「南邊的幾個島國嗎？」

「是啊。」賴一心說。

「我不建議你們乘著小船亂跑。」懷眞說：「你們不覺得地震越來越頻繁，也越來越嚴重了嗎？這種情況，大船走大洋中間還勉強……小船沿著島嶼、陸塊間亂晃，很危險。」

「這地震……和道境重歸、妖怪出現有關嗎？」葉瑋珊擔心地問。

「我只能說不像是單純的地震，其他我也不很清楚……」懷眞突然頓了頓，看著葉瑋珊片刻後，才微微搖頭說：「還有什麼其他問題嗎？」

懷眞剛剛本來想說些什麼嗎？葉瑋珊雖然起了這念頭，卻又不便多問，只看了看賴一心說：「沒什麼了，還要多謝懷眞姊這半個多月的幫忙。」

懷眞卻沒立即回話，過了片刻才突然說：「一心。」

「是？」賴一心忙說。

「你先回去，我有點事情想對瑋珊說。」懷眞說。

賴一心吃了一驚說：「懷眞姊，瑋珊自己一個人回去不好吧？」

葉瑋珊雖然也覺得意外，但仍對賴一心說：「沒關係的，除了剛剛那種妖怪，這附近似乎沒什麼妖炁。」

「有她們在，一般小妖怪當然不敢接近。」懷眞微笑說：「一心不放心的話，就退遠點等，我和瑋珊說完女人的祕密，再讓你護花。」

葉瑋珊忙說：「不用了，一心你先回去。」

「還是等等比較好。」賴一心也不等葉瑋珊多說，轉頭就往下游河谷奔，跑了百公尺遠，這才搖手嚷嚷說：「我在這兒等。」

葉瑋珊有點不好意思地對懷眞說：「懷眞姊對不起，一心總是不聽人說話。」

「沒關係。」懷眞望著葉瑋珊說：「你們兩個，似乎越來越好了？」

葉瑋珊臉龐微紅地低聲說：「還不就是那樣……沒什麼特別的。」

懷眞上下打量了葉瑋珊，看她似乎仍未經人事，不禁微微搖頭，現代人比古時麻煩多了，以前若兩情相悅了這麼久，早就連肚子都大了，哪需要這麼多步驟和手續？說起來，把求偶過程與繁殖儀式，搞得這麼麻煩困擾的就只有人類了……偏偏人類又特別愛交配，這豈不是自找麻煩嗎？想到這兒，懷眞不由得輕笑了起來。

葉瑋珊見懷眞無端端問了一句之後，就輕笑著不開口，不免有點尷尬，遲疑了一下才說：「懷眞姊，妳想說的事情……和一心有關嗎？」

「不。」懷眞回過神，不再胡思亂想，看著葉瑋珊說：「洛年喜歡妳的事情，妳應該很清楚。」

葉瑋珊萬萬沒想到懷眞會說出這句話來，她一下子手足無措，漲紅臉說：「懷眞姊，妳誤會了，我和洛年都沒這種念頭的。」

懷眞卻不吭聲了，只看著葉瑋珊不說話，葉瑋珊被這目光越看越慌，原來懷眞把自己留下，是要和自己算帳？葉瑋珊呆了片刻，忍不住這股沉重的氣氛，結巴地說：「我們眞的……從來沒有……這……」卻是說到一半，葉瑋珊突然想起那一吻，又說不下去了。

「怎不說完？」懷眞說：「你們做過什麼？」

難道懷眞知道了？雖說自己完全是被動，但此時在懷眞面前，若都推到沈洛年身上，豈不是害慘他？葉瑋珊遲疑了半天才說：「我……我不是故意的。」

莫非這兩人當眞做了什麼事？那臭小子居然沒告訴我？懷眞一面覺得好笑，一面也不禁微微有點醋意，但這時一笑就破功，懷眞只好強忍著臉部肌肉，故意板著臉凝視葉瑋珊。

葉瑋珊見懷眞不吭聲，思前想後，受不了這股沉默的壓力，忍不住說：「懷眞姊，妳……想要我……怎麼做？」

「先告訴我你們做過哪些事。」懷眞雙手盤在胸前，輕哼說：「說不定還有我不知道的呢。」

「絕沒有其他的。」葉瑋珊忙說：「只有……只有一次……不可能有別的了。」

一次？看葉瑋珊的體態應該還是少女，該不是那種事……莫非是擁抱、親吻之類的小事？

懷眞目光一轉說：「那一次是哪一次？」

要葉瑋珊自己招認細節，不如要她死了比較快，葉瑋珊漲紅臉說：「懷眞姊，求求妳……別逼我，以後……再也不會了。」

眞把葉瑋珊逼急，洛年那臭小子說不定又要生氣……懷眞反正也忍得挺難過，終於笑出聲來，搖頭說：「好了啦，看妳急成這樣，我不是找妳算帳啦。」

葉瑋珊正在擔心，若懷眞把這事說出去，或讓賴一心知道，自己可眞的不用做人了，她又急又慌，左想右想不知如何是好，正差點掉淚的時候，沒想到懷眞突然口氣一轉，又彷彿沒事一般，葉瑋珊心中情緒這一緊一鬆，不由得有點腿軟，退了半步。

懷眞看葉瑋珊說不出話來，沉吟了一下開口說：「嗯……說起來，現在洛年喜歡我的程度，可能比喜歡妳還多一點喔。」

聽到這話，葉瑋珊心中紛亂，也不知是什麼滋味，但又挺佩服懷眞能這麼大方直率，她想了想，輕聲說：「我和洛年眞的沒什麼，他最喜歡的當然是懷眞姊。」

「那妳呢？妳眞的這麼專情嗎，只喜歡一心小弟？」懷眞歪頭說：「據我所知，人類不是這種生物。」

葉瑋珊聽這話，不禁輕嘆一口氣，過去對沈洛年確實曾產生一點情愫，但自己深愛的畢竟是賴一心，之後也做了選擇，那種情愫理所當然應該壓抑起來，怎能任它擴展？葉瑋珊輕輕搖頭說：「就算……我也有可能喜歡上別人，但想要讓彼此都獲得幸福，還是全心對一個人付出比較好……我也不能接受一心喜歡別的女孩啊，這是相對的。」

「所以妳不選擇洛年，不只是因爲我嗎？」懷眞眨眨眼說。

葉瑋珊停了片刻，終於低聲說：「這……也許也有一點點關係。」

「其實你們都誤會了。」懷眞嘆氣說：「我和洛年……根本不可能在一起，也從來沒有在一起過。」

自己不是聽錯了吧，葉瑋珊詫異地說：「懷眞姊，這是開玩笑吧？」

「我是說眞的。」懷眞想了想，搖頭說：「不說這麼多了，總之妳選擇的是一心，不是洛年，對不對？」

一定要回答這種問題嗎？葉瑋珊紅著臉，微微點了點頭。

「本來妳要是願意選擇臭小子，那只要去噩盡島陪他就沒事了，既然不是……」懷眞想了想說：「那萬一洛年以後跑去找你們，妳能不能請他回噩盡島，不要和你們一起冒險？」

葉瑋珊一怔說：「懷眞姊，爲什麼不能讓洛年去呢？大家都很希望他一起來啊。」

「洛年根本不適合戰鬥啊，就算一時可以躲避攻擊，也支持不久。」懷眞不開心地說：

「幹嘛一定要他去危險的地方？」

「可是……」葉瑋珊無奈地說：「懷眞姊妳也知道洛年的個性，他不管想來還是不想來，都不會聽我話的。」

「這倒也是。」懷眞忍不住笑罵說：「那臭小子眞麻煩。」

「其實洛年的妖炁感應力特別好，只要適當地趨吉避凶，該不會有危險。」葉瑋珊說：「我們想借重他這個能力，也是爲了大家的安全。」

「我知道，但問題是……」懷眞一指遠處的賴一心，嘟起嘴說：「那小子老想去危險的地方，總有一天會出事的！」

賴一心確實有這個怪癖好……葉瑋珊轉頭，卻見賴一心也正望著這兒，而他發現兩女突然都望著自己，還很高興地揮了揮手。

「算了。」懷眞嘆口氣說：「瑋珊，我把妳留下……其實是爲了給妳通訊用的輕疾，至於以後，妳想給誰就給誰吧。」

「通訊用的輕疾……」葉瑋珊吃驚地說：「就是可以通話的妖怪嗎？」

「嗯，其實該說土精，輕疾功能很多，通訊、翻譯之類只是最簡單的，也最省炁息。」懷眞說：「其他還有很多功能，但耗費的炁息也多。」

通訊、翻譯只是簡單功能？葉瑋珊瞪大眼說：「這……太棒了！上次若是有這東西，就不會找不到志文和添良了。」

「那兩個又怎麼了？」懷眞一面召喚出輕疾，一面隨口笑問。

葉瑋珊驚喜地看著那小泥人從土中緩緩浮出，一面簡略地說：「上次在噩盡島，他們跑去惹一隻好大的刑天，又不讓我們知道，我們擔心他們出事趕去支援，卻差點被刑天殺得全軍覆沒，後來要不是……」說到這兒，葉瑋珊突然察覺不對，連忙閉嘴。

「可能是我見過的那隻刑天，那傢伙可不容易對付……」懷眞有點意外地問：「你們應該打不過吧？後來怎麼逃脫的？」

「後來……運氣好，大家逃回東方高原去了。」葉瑋珊心虛地說。

看葉瑋珊閃躲著自己的目光，就算懷眞不是精明人物，也知道事情一定和沈洛年有關，她臉色一變說：「洛年又做了什麼？」

葉瑋珊遲疑了一下才說：「洛年……洛年跑來拖住刑天，讓我們撤退……」

「他上次就差點被那隻刑天殺了，居然不怕死！」懷眞頓足罵：「這渾蛋白痴臭小子！就這麼想死嗎？」

葉瑋珊不小心露出口風，見懷眞發怒，不敢接口，只可憐兮兮地站在一旁，低聲說：「懷眞姊，對不起。」

懷眞罵了罵，轉頭卻見葉瑋珊一副小媳婦的模樣，倒也好笑，她嘆了一口氣說：「晚點我再和洛年算帳……妳先把輕疾接收過去。」

按著標準的增生做法，懷眞把新產生的輕疾泥人交給了葉瑋珊，教她以炁息啓動，一面說：「有空的時候，記得把輕疾的使用說明聽一遍。」

「可惜沒能讓舅媽帶一隻去……」葉瑋珊按照懷眞的指點啓動輕疾，一面嘆息說：「否則就可以直接和噩盡島那兒聯繫了。」

「還有洛年啊。」懷眞說：「等他們到了，妳提醒洛年去送一隻。」

葉瑋珊微微一怔，看著懷眞說：「懷眞姊……我方便和洛年聯繫嗎？」

「不只方便，我還希望從明天開始，妳定期和洛年聯繫。」懷眞似乎有點無奈地說：「要不要對他說出你們的行動由妳決定……但可以別叫他來嗎？實在太危險了。」

葉瑋珊突然懂了，懷眞離開這兒後，沈洛年久無白宗眾人的消息，說不定眞會跑來看看，但若自己定期和他聯繫，反而可以把沈洛年穩在噩盡島……葉瑋珊點頭說：「我明白了，我會定期和他聯絡，但不會要他來的。」

「就是這樣。」懷眞有點得意地點頭笑說：「那臭脾氣的傢伙，妳若是常常纏著他，他反而會懶得理妳。」

纏著沈洛年？自己非得扮演這種角色嗎？葉瑋珊不禁深深嘆了一口氣。

□

噩盡島那端，在星光下，沈洛年花了好長一段時間到處找，卻找不到半隻小妖怪，後來才想起，前幾日牛頭人和雲陽在這兒大戰，稍有靈性的動物大概都逃到遠處了……

沈洛年只好繼續往西面尋，正亂走間，突然耳中輕疾開口說：「仙狐懷眞來訊，請問要以此型態通訊嗎？」

來得正好，剛好報告吸收到闇靈之力的消息！至於通話型態……若以人形對話，雖有彷彿眞人在眼前的效果，卻不便於行動，也就不能繼續找妖怪，沈洛年當下說：「就這樣通訊。」

「臭小子！你跑到哪兒去了？」那端卻突然傳來懷眞的大喊。

「呃？」沈洛年一呆，她是特地來吵架的嗎？他皺眉說：「臭狐狸妳凶屁啊？幹嘛這麼大聲？」

「還裝傻！」懷眞生氣地說：「爲什麼往西跑？你離開高原區了？」

「耶？妳怎麼知道？」沈洛年訝異地說。

「才不告訴你。」懷眞嗔說：「幹嘛把輕疾放耳朵裡說話？你在忙什麼見不得人的事情？」

「去妳的，越管越多，我在打獵啦。」沈洛年哼聲說：「不說我也知道，妳用血冰戒查我位置對吧？上次還不准我查妳位置，自己倒先犯規了。」

「你不能查我，和我查不查你又沒有關係！」懷眞笑嗔說：「快點啦！我習慣看著人說話！你裸體嗎？還是有女人了？別跟我說你又在逃命……我眞會哭給你看喔！」

「囉唆耶！誰在逃命啊？」沈洛年忍不住笑了出來，難不成懷眞連電話都沒用過？這倒不無可能……他停下腳步，找了個地方坐下，讓輕疾化爲那明媚嬌艷的懷眞模樣，和自己面對面，這才說：「看過癮了沒？」

「難道你不想看我？我可想看看你呢……」懷眞甜笑說：「眞的沒有去花心嗎？」

「妳……」沈洛年正想回嘴，突然皺眉說：「妳開這種玩笑，不怕出問題嗎？」這狐狸明明不准自己跟她調情，她倒一點顧忌都沒有？

懷眞搖搖頭說：「反正我已經快撐不住，得去閉關了，所以沒關係……我是說實話喔，我眞的想看看你，下次見面不知道要多久以後了。」

這麼快嗎？眞的得去閉關了？沈洛年一愣，一下子說不出話來。

「怎麼傻了？捨不得我嗎？」懷眞看著沈洛年笑說：「我雖然知道是遲早的事情，卻也沒想到會這麼快……你現在狀況怎樣？有試著取得闇靈之力嗎？」

沈洛年本來的喜悅全然消失，只覺得喉嚨有點乾澀，他張了幾次口，這才有些乾啞地說：「有得到了一些……」

「眞的嗎？」懷眞倒有些意外，詫異地說：「你殺人了嗎？」

「我……跑去幫打仗的牛頭人治病。」沈洛年說：「一些看來死定的……我就下手了。」

「你幫牛頭人治病？包紮嗎？」懷眞雖然疑惑，但她倒也懶得深究，只笑說：「反正吸到了就是好消息啊，怎麼這麼沒精打采？」

沈洛年看著懷眞，卻不知該怎麼回答這句話。

懷眞其實也是明知故問，看沈洛年情緒低落，她也無可奈何，只能又問：「吸得多嗎？夠不夠護身？」

「比過去多不少，但我沒用過，也不大清楚威力。」沈洛年頓了頓說：「不過這種能力會越用越少不會恢復，所以還是盡量不打架比較好。」

「嗯，你有注意就好。」懷眞看了沈洛年一眼說：「你……現在還想知道，我爲什麼必須避著你嗎？」

「當然。」沈洛年精神陡然集中起來。

「說來話長，我只能簡略點說，嗯……該從哪兒開始說呢？」懷眞沉吟片刻之後說：「你不覺得……仙狐一族的喜慾之氣很古怪嗎？存在著這種天成之氣，有什麼用？」

對喔，自己怎麼從沒想過這一點？虯龍的聳伏之氣，麒麟的樂和之氣，都頗有道理，但讓別人對自己湧起愛慾之念，麻煩反而會變多吧？沈洛年愣愣地搖頭說：「我不知道。」

「這種天成之氣，本來該配合著採補之術修煉的。」懷眞緩緩說。

「啊？」沈洛年大吃一驚，當初自己還拿「採補」兩字開過玩笑……難道……

只聽懷眞接著說：「以採補法修煉，收效甚速，但各異族精炁混雜，難以完全吸化，最後成就有限……頂多煉成妖仙。」

沈洛年一愣說：「妳是天仙……所以……」

懷眞一字一句緩慢清楚地說：「如果不選採補之途，藉壓抑動情與喜慾之氣苦修，也是一法；但此法雖無止境，卻因逆天而行，動情時喜慾之氣異常強烈，心魔難以收束。一旦縱情破體，引入異種精炁，千萬年修行的道行就會散了……所以仙狐中能修至九尾天仙者，少之又少。」

「所以妳才不能有伴侶……」沈洛年雖然不很明白，卻大概聽得懂後半段。

「一般情況來說是這樣沒錯，不過你是特例。」懷眞看著沈洛年片刻之後，低聲說：「鳳靈之體乃生命之源，至高極純，自然沒有異種的問題……若能納鳳靈精炁入陰，據此修煉百千年，會有很大的好處，說不定……說不定還能修成上仙。」

「那……那……不是好事嗎？」沈洛年想到過程，卻不免有些臉紅結巴。

懷眞苦澀地搖了搖頭說：「你會死的。」

「啊？爲什麼？」沈洛年愕然問。

「我幽閉採補之力已逾萬載，萬一破戒，控制不住的……」懷眞望著沈洛年說：「你死了，我也得死，那不是同歸於盡嗎？」

原來當初懷眞說的「我們都會死」，是這個意思？難怪提到伴侶的事情她就火大……沈洛年吶吶地說：「眞沒有別的辦法了嗎？」

懷眞搖了搖頭，嘆口氣說：「我每次動情，都是一次劫難……白澤說我下次動情恐怕難逃破戒之難，我這才一等三千年，想靠鳳凰換靈，取得時間縮短能力避過此劫，沒想到……遇上了你這臭小子。」

原來是這樣？沈洛年張大嘴說不出話來，卻見懷眞凝視著自己，柔聲說：「你告訴我，我這個劫難，是不是眞應在你身上？你眞想害死我嗎？」

沈洛年自然是說不出話來，他望著懷眞片刻之後才說：「我們快想辦法把這咒蓋掉或解掉，就算……就算害妳破了戒，也只是我死而已，妳還可以修煉成上仙，很划算。」

「別說傻話了，就算眞能解掉咒誓，我也不想你死啊！一直在一起不好嗎？爲什麼一定要我破戒？你忍不住……自己去找別的女人解決。」懷眞說到最後，忍不住白了沈洛年一眼。

懷眞畢竟不像人類女子這麼多顧忌，既然喜歡上了，言語間就十分直接，沈洛年苦笑說：「妳不會吃醋嗎？」

「嗯……誰教我不能呢？」懷眞側頭想了想才說：「只要每天都幫我抓抓就好了，不然我會生氣。」

只能抓抓？這樣豈不等於養寵物嗎？沈洛年不禁苦笑搖頭，想想這些事情倒不用現在研究，沈洛年嘆氣說：「那我現在該怎麼做才能幫上妳？」

「你只要待在安全的地方，好好活下去就好了。」懷眞說：「也許要數年的時間我才能度過這次難關，這中間我也不能和你聯繫，否則心靜不下來，得拖更久……若能順利度過，可以平安好一段時間，就能在一起了，之後我藉著定期吸取道息修煉，千百年後，說不定……說不定……」

「說不定怎樣？」沈洛年說。

「別問了，過去也沒聽說過……」懷眞搖搖頭說：「到時候再說。」

難道那最根本的問題，有機會藉著修煉解決？沈洛年心情激盪，卻不敢再問，望著那彷彿眞人般的小小泥人，說不出話來。

「還有一件事情。」懷眞定下神，看著沈洛年說：「你改一下輕疾的使用名諱，換個比較不容易被猜中的。」

「幹嘛？」沈洛年一愣。

「我把輕疾給瑋珊了。」懷眞說：「也讓她隨意送人。」

「改名是爲了不讓她找我嗎？」沈洛年一呆說：「妳怎麼又突然會吃醋了？」

「哼！」懷眞突然想到不久前和葉瑋珊的對話，板起臉望著沈洛年說：「你和瑋珊做過什麼好事？」

沈洛年一愣說：「什麼？」

「還裝！」懷眞咬著唇，瞪著沈洛年說：「瑋珊都招了！」

「哪有？什麼都沒有！」沈洛年打死不肯承認，一面說：「剛剛才說不會吃醋。」

懷眞沒有眞憑實據，一時奈何不了沈洛年，不過她卻不相信沒事，只哼聲說：「我不是吃醋，我是怪你不告訴我！」

「我以後萬一有別的女人，難道相處細節都要向妳報告？」沈洛年哼聲說。

「對！」懷眞停了兩秒，突然頓足說：「你眞要偷偷去找別的女人喔？壞蛋！」

「要不然怎樣？不是妳自己叫我去找的嗎？」沈洛年不禁頭痛，女人當眞是莫名其妙到極點的生物，連母狐狸都一樣，還好自己沒有天眞到眞去找女人。

懷眞自覺理虧，愣了愣才嘟嘴說：「要讓我知道細節才可以。」

「去妳的。」沈洛年瞪眼說：「不幹！」

「花心臭小子！」懷眞忍不住罵。

「好了啦，等我眞去花心了再吵也來得及。」沈洛年揮手說：「囉唆死了。」

懷眞嘛著嘴好片刻，終於忍不住笑了出來，她白了沈洛年一眼說：「不講理的壞蛋，明明有偷腥，最後爲什麼變成我的錯？」

「就說沒有了。」沈洛年搞不清楚懷眞知道多少，不想在此處糾纏，拉回話題說：「剛說要改輕疾的使用名稱，是幹嘛？」

懷眞這才放過沈洛年，搖頭說：「因爲我只會讓瑋珊找你，其他人不行。」

「什麼意思？」沈洛年又不懂了。

「反正你改一個名稱，我會告訴瑋珊，但不讓她告訴別人。」懷眞目光一轉說：「她偶爾有空會找你聊幾句……一些事情她要不要告訴你，就由她自己決定。」

「何必多此一舉？我和她有什麼好說的？更不該瞞著一心。」沈洛年倒有三分不高興。

「連個說話的朋友都沒有總不好呀……而且她該能體諒我的心情，不會整天想找你去冒險。」懷眞說到這兒，瞪眼說：「尤其那個一心小弟是危險人物，絕不能讓他知道怎麼找你。」

從這角度思考，懷眞擔心的也有道理，沈洛年皺眉說：「那……要改成什麼？」

「『懷眞的老公』如何？」懷眞噗哧笑說：「這樣就不能偷腥了。」

「喂！好丟臉耶，告訴瑋珊這種名字不好吧？」沈洛年吃驚地說。

「我開玩笑的啦，你還當眞啊？」懷眞掩嘴笑說：「我才不嫁你呢。」

「媽啦！」沈洛年惱羞成怒，厚著臉皮說：「等妳回來就知道，到時候由不得妳。」

「沒大沒小！放肆的臭小子！你想幹嘛？」懷眞紅著臉啐了一聲。

兩人對看了半天，都覺得好笑，懷眞搖搖頭，這才接著剛剛的話題說：「這樣吧，你身體裡面有鳳之靈、闇之力，叫你闇鳳沈洛年如何？」

「好難聽。」沈洛年說：「聽起來像是明嘲暗諷的暗諷。」

「這樣別人才猜不到啊。」懷眞說：「不然就叫黑鳥沈洛年。」

「去妳的！更難聽。」沈洛年好笑地說：「闇鳳就闇鳳吧，反正只有妳和瑋珊知道。」

「那就決定囉。」懷眞等沈洛年換好名稱，接著說：「等我閉關後，我也會改變名稱，免得你忍不住找我……我出關會主動找你的。」

「什麼時候開始呢？」沈洛年問。

「大概還有十天左右吧……」懷眞說：「我今晚再找瑋珊他們一次，幫他們一點忙，之後就離開台灣，去我的祕密閉關處等待。」

沈洛年望望天空說：「下次月圓……差不多只有十二、三天，不再吸一次道息嗎？」

「就算能撐到那時候，我也不能去見你。」懷眞臉龐微紅地搖頭說：「見到你那時……一定忍不住的。」

沈洛年不禁有點臉紅心跳，但仍嘴硬地說：「妳忍不住，我忍得住！」

「臭美！」懷眞笑罵：「當我喜慾之氣漲到最高點的時候，你那半吊子的鳳體能力才擋不住，以爲自己當眞是鳳凰嗎？你這臭小子還差得老遠呢！」

「意思是妳這狐狸會變得很迷人嗎？我可不信。」沈洛年還眞有點想見識見識。

「渾蛋臭小子。」懷眞咬唇嗔說：「要是沒有這咒誓綁著，就乾脆讓你試試看，看我把你

吸乾！」

「嘖，眞敢講……其實這種吸乾人的功夫我也會。」沈洛年想起自己製造骨靈的功夫，忍不住好笑。

「不跟你胡扯了，總是……總是得結束的。」懷眞嘆了一口氣，望著沈洛年說：「我眞的去了，你自己保重……別冒險，也記住絕不能來找我，我們一碰面，都會死的。」

沈洛年笑容收起，終於說：「我知道，妳……妳快一點。」

懷眞輕應了一聲，兩人又對望了好片刻，這才結束了通訊。

眼看輕疾化爲原來的模樣，沈洛年招招手說：「還是到我耳朵裡吧。」

「好的。」輕疾又化爲小小一團，跳上了沈洛年肩頭，鑽入耳中。

沈洛年這時也沒心情打獵了，既然沒法抓妖怪回去，明天早上抓條魚送去好了，他嘆了一口氣，身子一轉，向著東方高原處飛射而去。

□

同一時間，葉瑋珊和賴一心正並肩下山，走著走著，賴一心突然說：「好可惜。」

「什麼？」葉瑋珊微微一愣，回過神來問。

「我說剛剛那個小女孩妖怪。」賴一心說：「要是她攻擊再有一點技巧，那就可怕了，可能打不過。」

「難道你想教她怎麼揍你？」葉瑋珊好笑地問。

「呃……這可不行。」賴一心抓頭說：「但是實在很可惜，是不是因爲太小了沒人教過她？」

葉瑋珊搖頭說：「你忘了？懷眞姊說那兩個小女孩都有百多歲了耶。」

賴一心皺眉說：「那就怪了。」

兩人都不知道，山芷以人形搏鬥的時間只有一個多月，無論是動作或運勁都十分生疏，若她當時忍不住恢復原形戰鬥，賴一心可沒這麼容易應付，畢竟山芷和羽霽玩鬧了百多年，也不是白打的。

「啊。」賴一心想想又說：「後來懷眞姊有沒有跟妳說怎麼分辨這種妖怪？以後若是遇到可得小心。」

「沒有提到。」葉瑋珊搖搖頭說：「晚上懷眞姊還要來和大家見面，到時我再問一次。」

「懷眞姊還要來？太好了。」賴一心想想又說：「看起來她不像有病呢……不知道怎麼回

事？」

「不知道。」葉瑋珊只隨口應了一聲。

她從離開之後，其實一直擔心著一件事情；看樣子懷眞只是試探自己，其實不清楚自己和沈洛年吻過的事，剛剛自己卻一下心慌漏了口風，不知道會不會害了沈洛年？不過如果懷眞和沈洛年眞不是情侶，倒也沒什麼害不害的……反而是一直忘不了那個吻的自己不好。

想著想著，葉瑋珊轉頭凝視著賴一心，自己選擇了這個人，應該沒錯吧，雖然樂天了些，脾氣可比那人好多了，但是爲什麼……這人似乎從不想……葉瑋珊想著想著，臉龐突然紅了起來，輕輕握住了賴一心的手掌。

賴一心回頭露出笑容，緊了緊葉瑋珊的手說：「有什麼事煩心嗎？別擔心，問題都可以解決的。」

「一心。」葉瑋珊突然拉著賴一心停下腳步。

「嗯？」賴一心回過頭，面對著葉瑋珊說：「怎麼啦？」

葉瑋珊臉龐微紅，看著賴一心：「你……是眞的喜歡我嗎？」

賴一心有點訝異，他睜大眼睛笑說：「我當然喜歡妳！如果說一遍不夠的話，還可以多說幾遍。」

葉瑋珊低頭微微一笑，想了想又有點羞澀地低聲說：「我好像沒對你說過，我……我爲什麼喜歡你……」

「好像沒有喔。」賴一心呵呵笑說：「沒關係啦，不好意思的話，以後再說也沒關係。」

「不，我要說。」葉瑋珊遲疑了一下，低頭緩緩說：「我剛知道你這人的時候，本來只是以爲你是個人才，所以多留意了一下你在各處的表現，後來……從那次的柔道事件後，我才發現你這人膽子大得離譜，老是闖禍，雖說總是有驚無險，卻讓人忍不住想在旁邊留意、照看著……隨著時間過去，我才發現，我已經放不下你了，到現在……我……我沒辦法想像沒有你的日子。」說完這一串話，葉瑋珊不敢抬頭，只顧低頭看著腳尖。

賴一心雖不明白葉瑋珊爲什麼突然要說這些事情，但仍牽著葉瑋珊的手，和聲說：「若不是有妳在身邊，我也沒辦法這麼放心啊，我也不能沒有妳。」

葉瑋珊搖搖頭，過了好片刻，似乎終於累積了足夠的勇氣，這才抬起頭說：「你……你眞的也是沒有我不行嗎？我一直擔心，會不會只因爲……只因爲我喜歡你，所以你才勉強和我在一起？」

「當然不是，妳怎會這麼想？」賴一心直抓頭，難得有點慌張地說：「這種事情，我……一直不大會說，但妳眞是想太多了。」

「那……如果你眞的喜歡我，」葉瑋珊聲若蚊蚋地說：「爲什麼……爲什麼……」

「什麼爲什麼？聽不見。」賴一心烝聚雙耳依然是聽不清楚，訝異地湊近詢問。

葉瑋珊囁嚅了半天，終於低聲說：「爲什麼……你只牽我的手？你……只把我當成妹妹嗎？」

賴一心一聽，不由得俊面發紅，吶吶地說不出話來，葉瑋珊更不用提了，早已經甩開賴一心的手，轉身往前奔了出去。

賴一心只傻了兩秒，連忙飛縱追上，輕輕扳過葉瑋珊的肩頭；而葉瑋珊也不掙脫，停下腳步低著頭不說話。

賴一心歪著頭從下往上看說：「妳頭這麼低，我想親也親不到啊。」

葉瑋珊忍不住一把將賴一心推開，又好氣又好笑地說：「你……你胡說什麼，我又不是……不是這意思。」

賴一心讓過這一推，突然扭身欺近，一把將葉瑋珊擁入懷中。

此時兩人目光相對、鼻息相聞，過了好幾秒，葉瑋珊望著滿頭汗、僵在那兒的賴一心，忍不住低聲說：「你……再不……就把我放開。」

賴一心就算這方面特別遲鈍，也知道不能放，他結巴地說：「妳不……不閉上眼睛嗎？」

萬一閉上眼對方卻沒親不就很丟臉？葉瑋珊紅著臉說：「不要。」

那就不管了！賴一心鼓起勇氣，吻了下去，也不知道爲什麼，當四片唇黏在一起的那一瞬間，兩人都自然而然地閉上了眼睛，本來略顯僵硬的兩個身體，也漸漸放鬆、貼合，隨著手臂的交纏相擁，這一瞬間，世間除了彼此之外，其他人事物彷彿都已消失。

ISLAND
再也不拿別人東西

清晨，沈洛年戴著斗笠，倒提著一條近半人高的肥粗大魚，往鄒家的菜田飄去。

那剛脫離海水的大魚，不時在沈洛年手中大力扭動，但沈洛年單靠著妖化的體魄腕力，一樣把這大魚抓得牢牢的。

他身上還穿著那件滿是牛頭人血漬的綠色外衣，沈洛年曾試著清洗，但那幾日忙於治病，噴灑到身上的血一層疊一層，根本沒處理過，過了數日想用清水沖洗，卻洗不去了，而血漬乾凝之後轉爲黑褐色，遠遠望去，彷彿一件染上怪異圖樣、色澤的衣服。

這樣雖然頗難看，但總比血飲袍好多了，沈洛年只好繼續穿著，一面打算和鄒彩緞打個商量，請她再幫自己換幾件衣服。

但到了菜田，卻沒見到早該到這兒的鄒家父女兩人，沈洛年四面望了望，見其中一區菜蔬有點太高，彷彿收割得太晚，另外又有幾區空著，還未種入菜苗，看樣子這田幾日沒人料理了。

難道誰生病了嗎？若不是太複雜的疾病，說不定能靠輕疾幫點忙……只希望別被其他人認出來。

沈洛年思考間，那條大魚又突然啪啦啪啦地扭腰甩動身子，沈洛年索性一巴掌將魚打昏，這才往山下走去。

到了俗稱台灣村的第一新村，沈洛年用斗笠掩蓋著面孔，低頭往村內走。村頭那兒，一群不到十歲的娃兒，正聚在一起上課，那老師也不知正在教他們寫字還是畫畫，只見他們每個人拿著一根小木枝，在地上畫來畫去，忙得不亦樂乎。

繞到了過去住的那條街，沈洛年有點意外，那兒居然變成了一個小市集，有販賣陶甕、泥碗、藤籃之類生活用品的攤販，也有賣魚、賣菜、賣藤粉的，當然也有人賣衣服，正缺衣服的沈洛年，忍不住多看了兩眼。

到了鄒家，果然前面也擺了架子，但卻空蕩蕩的，並沒有人在做生意，沈洛年見門關著，似乎沒人在家，一時也不知該做何打算。

「少年仔，你是別村的嗎？」突然有個人嚷：「怎麼提條魚晃來晃去？」

沈洛年轉過頭，這才發現那和自己打招呼的，是斜對角的中年魚販，莫非他怕自己搶他的生意？不過這人挺面生，過去不像住在這間房……沈洛年走過去說：「我來找鄒家的，都沒人在嗎？」

「朝來他家喔？」魚販搖頭，有些憂心地說：「朝來前天晚上不見了，他們家母女急死了，這兩天都在找人幫忙。」

「不知道是不是被妖怪抓了。」旁邊一個賣粗草紙的人說：「這兒又不是大城市，能跑到哪兒去？」

鄒朝來不見了？沈洛年說：「她們母女去哪兒找人幫忙？」

「下面港務辦事處啊。」魚販關心的還是魚，瞄著沈洛年手說：「你這魚是要賣的嗎？賣我好了？」

已經不是以物易物了？沈洛年微微一怔說：「現在已經有錢幣了？」

「你不知道喔？噩幣放出來好幾天了呢，你住哪邊啊？」魚販和賣草紙的人都是一愣。

「山裡面。」沈洛年隨口說：「這魚可以賣多少錢？」反正也不能提著這魚下港口找人，乾脆賣掉。

魚販上下看看說：「是新鮮的？我算你十二元吧。」

賣草紙的在一旁說：「你娘咧，這呢大條你至少賣三十，欺負人家少年仔。」

「幹！」魚販臉上掛不住，罵說：「我頂多賣二十，不然十五元收可以吧？我也要吃飯啊。」

「比如說一件衣服多少錢？」沈洛年問。

「衣服不便宜喔。」賣草紙的說：「最便宜的藤衣也要三元，精緻一點的可能賣五元。」

買得起就好，沈洛年把魚遞過說：「十五賣你吧。」

「少年仔？」賣草紙的還在嚷：「賣他二十啦。」

「你別吵啦！」賣魚的似乎怕沈洛年反悔，掏出錢幣，很快地算了十五張約十公分左右的指寬小紙片遞給沈洛年，一面把魚接了過去。

沈洛年本以爲是銅幣之類的，沒想到居然會是紙，在這種天下大亂的環境裡面，紙幣未免太不保險了吧……但沈洛年剛接過，就知道自己錯了，那根本不是紙，是一種輕薄堅韌的白色薄片，上面有立體浮凸的漂亮紋路，每張都是「一元噩幣」的面額，除了金額之外，上面還寫著「噩盡島港務辦事處臨時發行」的一行小字。

沈洛年好奇問：「這是什麼東西做的，有價值嗎？」

「聽說是……妖質做的？」魚販似乎也沒什麼把握，搖頭說：「聽說這東西可以變回妖質，要成爲變體部隊、引仙部隊就靠這個啦，很有價值的喔，而且很難仿冒。」

如果錢幣本身就有價值的話，哪倒是不怕發行的組織倒了。沈洛年不再多說，收起錢幣，選了間賣衣服的店面，買件黑色外衣，另外找個無人處換上，這才往港口那兒走去。

一面走，沈洛年一面對輕疾說：「那鈔票眞的是妖質嗎，怎麼做的？」

「將妖質升溫到一千五百度，若迅速冷卻，就會晶化凝固。」輕疾說：「只要將流體妖質加熱後，倒入鑄模並迅速冷卻即可，想恢復原狀，需重新加熱後緩緩冷卻。」

「他們知道的事情倒是挺多的，連妖質的性質都這麼清楚。」沈洛年有點訝異。

輕疾說：「過去總門做了不少實驗。」

他們以前勢力這麼龐大，也不意外就是了……沈洛年想想突然一驚說：「太高溫會有火妖出現不是嗎？」

「因爲你給的建議，解決了這個問題。」輕疾說：「他們現在挖了幾個息壤洞，並以壓縮土爲壁……本來要頗深的地底才能避開火妖，但加上息壤效果，就不用太深了，只要通風設計得好即可，現在的問題反而是優良的燃料不易取得。」

沈洛年有點驚喜地說：「能用大火的話……可以做的事情應該會變多吧？」

「理論上可以運用蒸汽機的動力。」輕疾說：「但因爲空間不大，發展仍有限，而且就算產生電能也受限於地穴內，除非和能儲存物理能或化學能的特殊精體配合……」

「什麼啊？」沈洛年頭痛地說：「別說一堆我不懂的。」

輕疾頓了頓說：「總之現階段問題是燃料，這兒並沒有產煤，附近短期內也沒有適合燒炭的木材……暫時只能以乾燥的藤木當燃料，火力並不穩定，溫度也不容易升高。」

反正能生火就是好消息，再問下去自己也聽不懂，沈洛年不再多說，加快腳步往山下奔。

到了港口，隨便找人一問，很快就找到所謂的「港務辦事處」，那是個在港區東面的大房子，上次來的時候，還只是一片剛挖出來的空地，現在主體的結構已經蓋起，周圍仍在不斷加建，也不知道什麼時候才會蓋好。

裡面似乎有不少變體者在活動，這辦事處……應該是過去道武門總門所組成吧？不過門口站著的警衛倒是普通人，而這辦事處人來人往，似乎十分熱鬧，也不知道在忙碌什麼。

沈洛年跟著人潮混了進去，到了一樓西側的大廳，聽著周圍人的言語，這才知道，大部分人都是來辦理產權與身分登記的事情，畢竟當初逃難般地來到這座島，一開始一切從簡，如今漸漸有了規模，這些相關的手續必須辦妥，才能真正擁有自己居住處的產權。

但這單位應該不是自己要找的地方，沈洛年走回中庭，看了看那同時標示著中英文的指示牌，正遲疑間，突然看到鄒大嫂和七、八個婦人從內進愁眉苦臉地走了出來。

可找到人了！但鄒大嫂身邊人太多，這樣跑上去似乎不大妥當，沈洛年湊到一旁，聽這些婦人談話，這才知道這些人的丈夫居然都失蹤了，如今通訊不便，她們只好每天早晚各來辦事處一次，探聽有沒有新的消息。

當眞是失蹤的話，倒不用出面和鄒大嫂打招呼了，是不是去山裡幫忙找找看？但就如那個賣草紙的人所言，這兒又不是什麼大城市，雖然不遠就有高原山巒，卻連樹木都沒有，想失蹤也沒這麼容易，而且這兩天鄒姊想必也把鄒叔會去的地方踏遍了……難道自己離開的這七、八天，眞有什麼妖怪跑來抓人嗎？倒是沒感受到什麼妖炁啊。

沈洛年正沉吟間，忽聽一個中年婦人焦急地低聲說：「萬一就是他們的人做的怎麼辦？我們怎麼問也問不出來的。」

鄒大嫂有點害怕地搖頭說：「阿棉嫂，不要說這麼大聲。」

「阿棉說的也對。」另一個婦人憤憤地說：「他們那時候說要找人去西邊工作，沒人要去，過幾天就開始有人失蹤。」

「妳們還記得杜嫂嗎？」阿棉又說：「她前幾天不是說有人看到她老公被帶去西岸？結果這兩天連她也不見，說不定也被抓走。」

「會不會她的老公自己回來了？所以她就不來了？」鄒大嫂遲疑地說。

「杜嫂住哪個村啊？去問問看？」又有人說：「前陣子港口來好幾批船，多了好幾個新村子。」

「我也沒問。」眾人彼此互望，誰也不知道杜嫂的村子，只好罷了。

沈洛年看著這些婦人在辦事處門口道別四散，心中卻不禁有點狐疑了。他一轉念，低聲說：「輕疾，這幾天有妖怪來這兒捉人嗎？」

「此爲非法問題。」輕疾說。

「爲什麼？」沈洛年說：「上次你就告訴我森林裡有雲陽。」

「我可以告訴你一定距離內的種族分布粗略狀況。」輕疾說：「但個體移動、詳細位置、人數分布等隱私性問題，不可詢問。」

眞多規矩……沈洛年不再打輕疾的主意，思考著她們剛剛提起的「西邊工作」，卻不知和西方那個山丘堡壘有沒有關係？那兒確實有一群變體者，但有沒有普通人呢？

如果眞是被妖怪抓去吃的話，現在應該也變骨頭了，想幫也幫不上忙，倒是可以去西邊那個山丘看看……

但如果眞在那兒，代表那些變體者當眞擄人爲奴，這種事情當然是祕密，不可能放人，自己這麼闖去，非打起來不可……除了在東方高原這道息不足之處，一般變體者功夫要是學全，就和那星部長高輝一樣，足能和小隻的刑天對峙，若多吸點妖質說不定還更厲害，自己應付一、兩個還可以，但那兒可有一整群，絕對打不過的。

其實和鄒家也不過是兩日的交情，値得這樣做嗎？而且就算眞有其事，對方也不會承認，自己又沒有眞憑實據，難不成一路打進去？自己這條命可不全是自己的，不能隨便冒險，還是當作不知道好了……

沈洛年正想往山裡走，突然想起鄒大嫂笑咪咪端著妖藤湯給自己的場景，跟著腦海中又閃過鄒彩緞送自己衣服那一剎那的畫面。

沈洛年遲疑片刻後，憤然低聲說：「媽的！再也不拿別人東西了！」當下快步繞出港口村鎮，飄過河流，往西邊那山丘據點飄去。

□

很快地，沈洛年就飄到了那土丘附近，他直接在當初發現的西面出口周圍亂繞，看能不能引人出來。

沈洛年也不擅於做什麼精巧的計畫，他打算等遇到人之後，先隨口問問，當能藉著鳳靈感應能力得知眞相，之後該怎麼做，等知道眞相後再研究。

沒想到繞了兩圈，居然沒人理會自己，而上次雖然看過有人出入，但沈洛年一時也分辨不出當初那扇門戶在哪邊，這麼好片刻沒有動靜，他一時竟不知該如何是好。

過了片刻，突然咕嚕咕嚕的滾動聲響起，沈洛年一轉頭，卻見山丘上一片草坡往旁移開，一個女子探頭出來，對著自己招了招手。

那門戶改造過了？之前還挺克難的……才不到幾天就變這麼多，難怪自己找不到入口。

沈洛年再仔細一看，媽的，那女人不是劉巧雯嗎？怎麼老是遇到她？沈洛年一面皺眉一面掠過去，但心中卻不禁浮出疑惑，就算門戶看不出來，劉巧雯離自己這麼近，怎會沒感應到？

但當沈洛年落入甬道，那股疑惑就消失了，這小小的甬道，周圍竟都是壓縮的息壤磚，通路中幾乎沒有道息存在，這麼一來，劉巧雯的炁息當然也散失殆盡、無法感知。

隨著通道口緩緩掩起，只見通道中除劉巧雯之外，還有兩名手持半自動步槍、槍口朝下的青年，其中一人正倒揹著槍，拉動繩索，關上門戶。

門戶一關，甬道內只剩下一點門縫透入的微光，劉巧雯望著沈洛年，露出明媚的笑容說：「好久不見了，我還以為你離開噩盡島了呢，原來沒有，眞是太好了。」

上次不是才叫我走嗎？沈洛年狐疑地看著劉巧雯，卻見她對自己眨了眨眼，似乎另有用意，當下也不揭破，只隨便應了一聲。

「洛年，你怎麼知道這地方的？」劉巧雯笑說。

「有一天逛到的。」沈洛年其實開口就想問正事，但周圍還有旁人，似乎不大妥當，只好忍著不說。

「進來坐吧。」劉巧雯提著一盞四角燈籠在前引路，帶著沈洛年往內走，那兩名持槍者就跟在兩人身後。

自己體內沒有炁息護身，若對方突然拿槍轟自己可會完蛋的……不過他們應該不知道自己的來意，該不會這麼快就想宰了自己吧？沈洛年瞄了兩人一眼，見對方似乎沒有殺意，這才稍微鬆了一口氣，跟著劉巧雯前進。

這走道不知怎麼設計的，雖然稍嫌狹窄，通風卻不錯，劉巧雯引著沈洛年到了個約莫三公尺見方的土穴房間，房間中央，對放著兩張鋪著草蓆的長椅子，椅子中間還有個厚實的長桌，劉巧雯和沈洛年前後走入，那兩名拿槍青年則留在門外，也不知道是監視還是保護。

「請坐。」劉巧雯選了一邊坐下，把燈籠放在桌面，神色有點複雜地看著沈洛年。

這女人又來了，老是這麼看人……沈洛年剛坐下，卻不禁皺起眉頭，原來連這椅子、桌子也都是壓縮息壤土，難道這地方是建來專門應付變體者的？也不對，如果這樣的話，自己就不會感應到裡面有變體者了，恐怕只有外圍這麼設計。

等兩人都坐定，劉巧雯看看門口，對沈洛年招了招手，湊近低聲說：「我不是拜託你去台灣報訊嗎？」

「那消息是假的。」沈洛年想起懷真說的話，望著劉巧雯皺眉說：「誰告訴妳的？」

「確實是日本和上海傳來的。」劉巧雯意外地說：「你確定眞是謠言？怎麼可能兩邊傳來一樣的假消息？」

「懷眞去確認過了。」沈洛年倒也不是對懷眞的話深信不疑，但既然懷眞說把輕疾給了葉瑋珊，還準備讓她和自己聯繫，就不需要在這種事情上騙人，他不再多提此事，換個話題說：「我有一件事情問妳。」

劉巧雯本來還在沉思，聞聲抬頭說：「怎麼？」

「這兒……是不是在港口那邊擄人來工作？」沈洛年說：「聽說那邊失蹤了不少人。」

「不可能吧？」劉巧雯皺眉說：「怎會懷疑是我們幹的？」

劉巧雯透出的氣味似假非假的，但又不像實話……沈洛年也懶得多套話，開門見山地說：「前陣子港口那兒的辦事處，有應徵人手往西邊工作，聽說沒人想去，跟著就開始有人失蹤，之後又有人看到失蹤的人，被送到這地方來。」

「有這種事？我去打聽一下……」劉巧雯緊皺著眉頭，思忖片刻，突然看著沈洛年說：「你身體似乎沒什麼不適？」

「我？」沈洛年微微一怔說：「爲什麼會不適？」

「你難道沒感覺到，這附近幾乎無法積聚炁息？」劉巧雯說：「我每次到這兒，都要適應好一陣子，很不舒服。」

「我又沒炁息，怎會有影響？」沈洛年好笑地說：「我才在想呢，妳幹嘛折騰自己？」

「你眞沒炁息？那怎麼能飛？」劉巧雯忍不住問。

「鳥雀蚊蠅也沒炁息，不是照飛？」沈洛年反正也不會解釋，隨口胡說。

強詞奪理！劉巧雯忍不住白了沈洛年一眼，站起身說：「讓外人在這兒等候片刻，直到炁息散去才往內引入是這邊的規矩。」

「對沒炁息的一般人也要這樣嗎？」沈洛年問。

「你是一般人嗎？」劉巧雯好笑地說：「你知不知道中秋之後，有人把你當神？還要蓋廟呢。」

「呃。」提到這沈洛年可有點不好意思，搖頭說：「這可不關我的事。」

「我要你避開是爲了你好，沒想到你自己送上來……」劉巧雯低聲說：「等等別耍脾氣，小心應付。」

「要去見誰？」沈洛年微微一愣。

「月部部長。」劉巧雯說。

沈洛年從沒想過總門還有個月部長……微微吃了一驚，但仔細一想，既然過去有日部長、星部長，有個「月部長」倒也是理所當然，不過日月星聽起來倒是挺俗的，怎麼不叫天地人、上中下？

兩人往內走，又走過一段以壓縮息壤土建造的甬道，這些道路還不至於讓人迷路，卻似乎刻意多繞了幾個轉折，而每個轉角都站了兩名持槍者，看來戒備挺森嚴。

一面走，沈洛年一面隨口問：「月部長是怎樣的人？」

劉巧雯說：「一位姓狄的女性長者，算總門輩分最高的人。」

「喔……那日、月、星三個部，分別是做什麼的？」沈洛年又問。

劉巧雯望了沈洛年一眼才說：「日部對外，月部主內，星部則負責戰鬥，我之前是日部的，四二九之後，被調入月部。」

難怪那個日部部長呂緣海總是笑咪咪地到處打點，星部部長高輝應該是功夫最高的……卻不知月部的「主內」是什麼意思？不過身後還有那兩個拿著槍護送的人，想來劉巧雯就算願意說，也不可能說太多。

想到這兒，沈洛年突然一驚，變體者到了這兒，炁息盡散後可擋不住這些槍砲，若以後葉瑋珊他們到了噩盡島，可得提醒他們別進這土丘。

此時又繞過一個路口，前方出現一個空間，不再像剛剛一樣狹窄，周圍呈扇形往外散，從半公尺寬展開成四公尺寬，之後的通道寬敞了些，也不再有壓縮息壤土磚，周圍雖然仍是息壤土，但效果已淡去不少，而沈洛年之前感應到的變體者，就在這後面的區域。

再往內走，是個寬數十公尺的空間，中間有不少立柱支撐著結構，在燈籠黯淡的光影下，並不容易看清楚裡面的環境，只能看出牆上每隔一段距離就立著一扇木門，每扇門後是什麼模樣，可就難以揣度了。

「這是大廳。」劉巧雯提著燈，帶著沈洛年往左繞行，一面說：「總門在這兒建立據點，一方面變體者在這兒方便修煉；二來這兒比較容易取得妖質……這裡的變體者，會和港口那兒負責維持秩序的輪班交替。」

沈洛年想起上次看到的場面，接口說：「妖質……是殺鑿齒提煉嗎？」

「你怎知道？從哪兒聽來的？」劉巧雯有點意外。

「我看到的。」沈洛年微微皺眉，不是很滿意這樣的舉動，鑿齒又沒殺過來，有必要這樣嗎？

「你看到？」劉巧雯有點意外地看了沈洛年兩眼，頓了頓才說：「鑿齒從不與人類溝通，自古就是人類最大的敵人，最好是能殺則殺，否則以後受害的就是一般平民。」

沈洛年想起過去鑿齒的凶狠態度，倒也不敢說劉巧雯錯了……如果這麼說的話，自己是不是應該偷偷摸去找鑿齒，一個個吸乾進補？想了想，沈洛年還是打消了這個念頭，對方畢竟還沒真惹上來，這樣也太過分了，上次還忍不住救人呢，媽的，這可不能說出去。

四人沿牆走了一小段路，前方一扇門突然打開，兩個青年正笑著往外走，但看到劉巧雯等人，他們連忙肅立行禮說：「劉桂守。」

劉巧雯還沒說話，一股血腥氣味從那門中湧出，嗆得四人大皺眉頭，那兩人似乎也察覺不對，連忙把門關上，一面有點慌張地看著劉巧雯。

劉巧雯上下望著兩人，過了幾秒才說：「我記得部長下過令，這十日不准你們往大廳走，沒錯吧？」

其中一名青年似乎有點委屈地說：「這條路比較近，我們動作也很快……」

劉巧雯臉一沉說：「大廳是各房、堂總樞，你們讓血腥味傳了出來，若不慎傳到主堂，衝撞到門主，誰負責？忘記這是什麼日子了嗎？」

兩個青年被罵得低下頭，不敢吭聲。

劉巧雯頓了頓說：「你們是周宿衛的人？」

兩人對望一眼，一臉倒楣地同時點了點頭。

「去找周宿衛自請處分。」劉巧雯白了兩人一眼說：「別再犯了。」

「是。」兩人似乎沒想到處分這麼輕鬆，找自己主管當然好說話，他倆鬆了一口氣，同時對著劉巧雯行禮，轉身要回房間去。

「站住。」劉巧雯輕頓足嗔說：「這門一開，血腥味不就又衝出來一次？」

兩人一愣，連忙傻笑著又行了一次禮，這才轉身往外走。

劉巧雯帶著沈洛年繼續走，一面簡單解釋說：「這間房，是最先處理鑿齒屍體的地方，所以血腥味很重。」

「你們還有門主啊？」沈洛年問。

「當然。」劉巧雯似乎不想多談門主的事，又走了幾扇門之後，這才停在一間木門前，敲了敲門。

木門呀然而開，裡面一個十八、九歲的少女探頭往外看，見到劉巧雯，她露出笑容說：「原來是巧雯桂守，人帶來了嗎？」

劉巧雯往沈洛年一比說：「就是這位，沈洛年……叫他洛年吧。」

「咦，就是這人嗎？」少女似乎有點吃驚：「他們總說沈先生……我還以為……」

「以為沒這麼年輕嗎？」劉巧雯一笑說：「洛年可能還比妳小一、兩歲。」

少女似乎十分訝異，好奇地上下看了沈洛年幾眼，這才拉開門，讓劉巧雯與沈洛年走進。

這房間並不算太大，但燭火卻不少，空氣從門旁地磚的縫隙中透入，往屋內上方捲去，帶著燭影微微晃動，往內約一公尺處，一片木質地面平鋪出去，沈洛年穿著前陣子在歐胡島上找到的膠底布鞋，走在上面還發出橡膠摩擦木片的聲音，讓他頗有點尷尬。

劉巧雯有點意外地看了一眼，他們過去的鞋子大多已經破損，別說高跟鞋了，能找到雙合腳鞋穿都不容易，沈洛年的鞋子雖也有些血漬髒污，但他平常總是輕身飄來飄去，鞋子耗損也少，所以還有新鞋子的那種摩擦聲出現。

除木地板之外，這裡面也沒什麼特別精緻的東西，只有幾張簡單的木製桌椅，畢竟是大難過後，一切從簡，這種時候，就算有錢也未必能買到理想的家具。

再往前，掛著一大片又厚又沉的布幕，後面有多寬、放什麼東西，倒是很難揣測。不過沈洛年很清楚，布幕後有個炁息不低的變體者，感覺上該也已經吸收了一定量的妖質，想來就是所謂的月部部長了。

劉巧雯領著沈洛年走到房中，也不領他坐下，兩人就這麼直挺挺地站著，至於那少女開了門之後，則馬上又走回門邊，安靜地站立著。

沒多久，布幕掀開，一個穿著旗袍、年約六十餘歲的老婦大步走了出來，站在兩人面前。

「狄部長。」劉巧雯低頭行禮：「這位就是沈洛年。」

「就是這位少年?」老婦腰桿挺得筆直，兩眼神光湛然，上下打量著沈洛年。

沈洛年也正觀察著對方，這老婦雖是總門中輩分最長的一位，但似乎並沒有自己想像中老，除了有些深刻的法令紋、魚尾紋之外，皮膚其實還算光滑，也沒什麼老人斑，而從她清麗的五官看來，可以想像年輕時應該也是美人……不過變體者通常比正常人看來年輕，說不定這位老人家其實七、八十歲了也不一定。

兩人互看了片刻，沈洛年見對方盯著自己不說話，沒耐性地開口說：「狄部長，我這次來，是有事情想問……」

「洛年。」劉巧雯突然打斷了沈洛年的話。

「啊?」沈洛年愕然轉頭。

「這種小事我處理就好，別浪費部長的時間。」劉巧雯雖然在笑，眼中卻透出一股淡淡的擔憂。

「喔?」沈洛年看著劉巧雯，又是那種看不出是不是謊話的氣味，倒有點不知該不該相信她。

狄部長開口說：「巧雯，什麼事?」她聲音意外地有些粗啞，還帶著不知哪個地方的方言口音。

「洛年聽到了一些傳聞，所以找我求證。」劉巧雯頓了頓說：「我會查證處理後給他一個交代，再向部長一起彙報。」

狄部長緩緩搖頭說：「平常便罷了，這少年人恰好趕著這十日出現，不能輕忽，說給我聽聽。」

劉巧雯無可奈何，只好把沈洛年問的事說了出來。

狄部長聽完，緩緩說：「我數日前確實曾要呂部長幫忙補足人手，難道那些雜役是這樣來的？巧雯，這謠傳若合符節，挺像眞的。」

「我知道。」劉巧雯低下頭：「如今生活艱困、未來渾沌未明，紀律難免鬆散，如果眞有此事，可能是有人瞞著上司做的。」

狄部長微微點頭，望著門旁少女正想開口的時候，劉巧雯搶著又說：「部長，可以交給我來處理嗎？」

狄部長目光轉回，看了看劉巧雯，微微一笑說：「巧雯，我就直說吧，妳雖長袖善舞、處事圓融，但相對地，也有個大事化小的壞習慣，老是高高提起，輕輕放下。」

劉巧雯一怔，臉上頗有些尷尬。

「有些事讓妳處理確實挺好。」狄部長說：「但這次的事動搖民心，影響層廣，可不能搓掉了，得好好徹查……小紅。」

那少女往前一步躬身說：「是，部長。」

「妳把這事通知童安，要她找雜役問問，若是眞的，讓她把該負責的名單交上來，另外找呂部長研究一下，港區那兒得有一套善後的辦法……」說到這兒，狄部長突然望向沈洛年說：「沈先生，你是爲了找誰而來的？」

沈洛年一時不明白這話的意思，想了想才醒悟，開口說：「有個叫作鄒朝來的大叔，我和他們家……有點交情，剛好聽到就來問問。」

狄部長點點頭，望向少女小紅說：「這事也告訴童安，別誤事了。」

「我會對童桂守說清楚的。」小紅一笑，轉身走出門。

聽到這兒，沈洛年才知道，「桂守」似乎是職級的名稱？不過最後那幾句是什麼意思可有點難懂，等等會把鄒大叔送來和自己見面嗎？

「沈洛年先生……你根本就還是個孩子呢……我托個大，稱你一聲洛年可好？」狄部長微笑說。

「隨便。」沈洛年聳肩說：「如果鄒大叔可以回去，我就沒事了。」

「我倒有事想跟你談談。」狄部長一面往椅子走去，一面伸手虛引說：「請坐，巧雯妳也坐。」

又要開始問東問西、威逼利誘那一回事了嗎？沈洛年不禁大皺眉頭，本想直接告辭，但對方如果眞放了鄒朝來，至少省了一路打進去的工夫，多少有點承她的情……沈洛年只好嘆了一口氣，苦著臉坐下。

ISLAND
白澤血脈

「我叫狄靜。」狄部長望著沈洛年說：「我聽了很多你的事情。」

大概也沒什麼好話吧？沈洛年不置可否地點了點頭。

「據說你挺沒耐心的？」狄靜微笑說。

「可以這麼說。」沈洛年也不介意，心念一轉，索性說：「也可以說我懶得和人相處、不想交朋友，也不想做什麼對世界、對人類有幫助的事情。」

「洛年？」在沈洛年身旁坐著的劉巧雯，忍不住低喊了一聲。

沈洛年倒是挺得意這個自我介紹的，想想又補充說：「還有，我對財富、權勢、美色都沒興趣。」

說到這兒，沈洛年卻又有點委屈，一年前至少還挺愛看女人的……要不是那鳳凰亂來，也不會少了這個享受……且不管這分委屈，自己這自我介紹雖然故意說得有點誇大，但話都說成這樣了，對方總沒什麼好說了吧？

沒想到狄靜不但不以爲忤，臉上還帶著微笑，看著沈洛年說：「這是實話嗎？」

其實沈洛年當然沒這麼清高，但爲了省麻煩，他大言不慚地說：「是啊。」

「很好啊，那你在乎自己的名聲嗎？」狄靜問。

媽的，忘了還有這個，下次的自我介紹要補進去，沈洛年搖頭說：「不在乎。」

「挺像聖人呢，那就更好了。」狄靜點頭笑說。

這人的反應怎麼和自己預想的不大一樣？沈洛年倒有兩分意外，上下望望狄靜，這阿婆不會是腦筋不大正常吧？

狄靜見沈洛年一臉呆愣，轉頭對劉巧雯說：「巧雯，就如同我們上次討論的一樣，妳和洛年既然是老朋友，這件事給妳處理比較適當吧？」

劉巧雯似乎有點無奈，看了沈洛年一眼說：「如果洛年同意的話。」

「你連幹什麼都不知道就不同意了？」劉巧雯好氣又好笑地說。

當我死人嗎？沈洛年忍不住說：「要幹嘛？我不同意！」

「先說先贏啊。」沈洛年皺眉說：「到底要幹嘛？」

「我們是這樣打算……」狄靜接口說：「你什麼都不用做，可以自由自在地在山裡過日子，偶爾下山各地逛逛、看看也無妨，只要盡量不要和一般人過多接觸……雖然你未必在乎物質上的享受，但總自己張羅也辛苦。在食衣住上，我們會提供現階段最好的享受……當然，隨著文明逐漸重建，只會越來越好。」

怎麼聽起來好像不錯？沈洛年詫異地說：「那要我幹什麼？」

「什麼事都不用做。」狄靜說：「只要照你自己個性過日子即可。」

有這種好事？媽的，這是什麼詭異的詐騙手法嗎？可是怎麼看起來不像說謊？沈洛年回頭看著劉巧雯，卻見她微微皺眉，似乎不是很願意，沈洛年念頭一轉說：「那巧雯姊扮演什麼角色？」

「扮演……與你溝通的角色，名目還要考量。」狄靜說。

「我實在搞不懂。」沈洛年搖頭說：「算了，這麼不清不楚，還是不要。」

「當然還需要說明……」狄靜說到一半，木門外突然傳來敲門聲。

這時小紅不在，劉巧雯主動站起開門，門外一個女子低聲說：「門主召見狄部長和一位……沈先生？」

「沈先生？沒錯嗎？」劉巧雯吃了一驚。

「我也不明白。」女子聲音說：「門主指示，這樣對狄部長說就可以了，人在部長這兒。」

那不正是指沈洛年嗎？劉巧雯詫異地轉頭往內看，反正狄靜就在不遠處，應該也聽得清楚，不用等通報了。

狄靜聽清了對話，吃驚地站了起來，有些失態地怒聲說：「姊……門主怎知道這年輕人的事情？是誰多口了？」

劉巧雯見狀打開門，讓那女子和狄靜面對面，女子見狄靜發怒，躬身說：「狄部長，我們都沒聽過這名字，也不知道門主指的是誰。」說到這兒，她忍不住把目光瞄向面生的沈洛年，不由得有點驚疑。

「怎麼可能？我先去和門主談談！」狄靜大步往外走，一面說：「巧雯，妳把細節和洛年說清楚點。」

「是。」劉巧雯躬身說。

女子看著沈洛年，忍不住說：「難道那位就是……」

「別說了。」狄靜走出門，砰地一下把門關了起來。

沈洛年眼見事情急轉直下，突然往自己毫無概念的方向演變，不禁有點詫異，眼看劉巧雯似乎也正發愣，沈洛年主動開口說：「你們門主知道我，很奇怪嗎？」

「當然奇怪，不可能的，大概是有人多口。」劉巧雯停下說：「還是先說剛剛的事吧。」

「也好。」沈洛年說：「什麼都不用做就要養我，這是幹嘛？我爸媽過世前都沒這麼客氣。」

劉巧雯嘆了一口氣說：「他們想把你捧成神。」

「嗄？」沈洛年大吃一驚。

「中秋那次你和仙獸畢方滅火，他們就動了這念頭，我剛好又得到殺人妖怪的消息不久，就拿這當理由要你快走。」劉巧雯低聲說：「幫你蓋廟，你以爲全然是人們自發的嗎？若不是有人在其中有計劃地推波助瀾，哪有這麼簡單？」

「咦？」沈洛年張大嘴說：「幹嘛要這樣？把我弄成神有什麼好處？」

「現在世界各地的人們正往這兒集中，隨著人口逐漸增加，一定會越來越亂，要怎麼讓人類社會往健全的方向發展？具有絕對優勢的變體者和普通人類該如何相處？在法令綱紀暫時都無效的狀況下，怎麼控制變體者不要失控？眼前有太多問題了……」劉巧雯想了想，停下說：「說起來太複雜，簡單點說就是，一人出一張嘴的民主方式，沒法快速解決問題，短期內不能施行這種制度，但是現在全世界幾乎腦袋都裝了『民主自由』這幾個字，就算是爲了大家好的集權統治，也會引起人民心裡上的反感……」

「這個……」沈洛年忍不住打岔說：「這是簡單的說法嗎？還是很複雜耶。」

「你畢竟只是個孩子。」劉巧雯苦笑搖頭說：「總而言之，神權統治反而是比較中性的一種做法，尤其在這個妖怪回歸的時代，神仙之說十分容易讓人接受。」

「那你們自己找人當神啊。」沈洛年說：「幹嘛找我……不怕我不好控制嗎？」

劉巧雯看了沈洛年一眼，遲疑了一下才說：「總門早已知道……你雖然有很奇異的戰鬥能力，但因體內無炁，應付不了槍砲，和一般變體者比起來，你反而算比較好控制。」

「呃？」沈洛年倒沒想到對方這麼清楚自己的缺點。

劉巧雯接著說：「而且你個性孤僻，喜歡一個人在山裡生活，又能召喚巨大仙獸……」

「那不是我召喚的！」沈洛年忍不住叫。

劉巧雯也不管沈洛年生氣，接著說：「總之從一切的資料看來，讓你當神很合適。」

「當神哪有這麼簡單！」沈洛年說：「偶爾總要展現點神蹟吧？仙獸我可叫不來了，那次是剛好。」

「沒關係，有變體者協助，神蹟可以製造的。」劉巧雯頓了頓又說：「而且我們還有神諭，由不得別人不信。」

「神諭？」沈洛年聽不懂。

「就是預言……」劉巧雯看了沈洛年一眼說：「總門本就掌握了這種能力，就算你一直都不出現，只要有神諭存在，一樣可以運作……還不明白嗎？你若照著過去的生活方式，乖乖當傀儡神，自然沒有影響，但若是突然亂來，除去你也無妨。」

眞的假的，連神也搞傀儡這套？沈洛年愣了半天才突然說：「白澤！你們掌握了白澤的能力？」

劉巧雯臉色一變，有點意外地說：「你這方面的反應倒是挺快。」

「媽的，白澤那渾蛋在哪邊？」沈洛年捲袖子說：「當初要不是他的預言不準，我和懷眞怎會……」說到這兒沈洛年突然一呆，再怎麼說白澤也是個超級老妖怪，現在應該還來不了世間才對，總門掌握的不可能是白澤本人。

「你說誰？」劉巧雯果然聽不懂，疑惑地說：「白澤血脈怎會和你與懷眞扯上關係？」

「血脈？」沈洛年懂了，莫非是像賴一心那種？他看著劉巧雯說：「那……我當神的話，他們要妳當什麼？神的老婆嗎？」

劉巧雯一愣，忍不住好笑地說：「胡扯，你這小子不是對女人沒興趣嗎？姊姊年紀都有你的一倍了，沒大沒小！」

有什麼了不起？懷眞比妳老多了，沈洛年一面心中暗罵，一面隨口說：「我亂猜的啊，不然怎麼說負責和我溝通？」

「司祭、主祭、女巫……總之就是負責和神溝通傳遞意旨的人，名稱還沒確定。」劉巧雯嘆了一口氣說：「當時幸好你離開了，因爲找不到你，這構想才暫時中止，沒想到你又突然冒了出來，還自己鑽到這兒來報到。」

女巫嗎？沈洛年想起了那群塔雅．藍多神的大小女巫，嘴角不禁露出微笑，肩膀上的蝶兒既然還在，艾露應該無恙吧？

劉巧雯看著沈洛年的笑容，詫異地說：「笑什麼？你還眞想當啊？」

沈洛年回過神，連忙搖頭說：「當然不想。」

「那現在該怎辦？」劉巧雯皺眉說：「找不到你還能拖延下去，但此時你若堅持拒絕，他們說不定會翻臉動手……只要眞殺了你，反而可以放心運作下去。」

媽啦，有這麼過分嗎？沈洛年驚訝地說：「剛那阿婆看來沒這麼壞吧？」

「你才十幾歲，懂得看人嗎？」劉巧雯瞪眼說：「那種掌權久了的人，殺人連眉頭都不動一動的，那些雜工若眞是擄來的，要不是剛好有個姓鄒的你認識，恐怕現在都死光了，你知道嗎？」

「呃？會嗎？」沈洛年吃了一驚，剛剛狄靜和小紅最後那幾句話，是這意思嗎？還眞的看不出來。

「滅口豈不是最好的辦法？只要把屍體扔回去等人發現，不就解決了這件案子？」劉巧雯搖頭說：「還好有個人你認識……不然就糟了，我說讓我處理，你卻搶著說話！差點害死人。」

「妳說清楚不就好了？」沈洛年抓抓頭，突然皺眉說：「等一下，就算他們眞殺人，怪我也不大對吧，關我屁事？」

「要不是你多嘴，不就不會有事？」劉巧雯說。

「乾脆說他爸媽當初別生他們，就不會死了。」沈洛年說：「眞正該怪的是下令、動手殺人的那種渾蛋，不用扯到我頭上，我不會愧疚的。」

「你……你這人不講道理，不跟你說了。」劉巧雯嘆了一口氣，轉念說：「不過門主怎會知道你的名字，這比較讓人想不透……」

「不是想把我弄成神嗎？這種大事門主怎會不知道？」沈洛年問。

劉巧雯搖搖頭，不想多解釋，只看著沈洛年說：「你記住，就算不想當神，也別壞他們的事情，應該就不會有風險了，畢竟你沒事飛來飛去，對宣傳這新宗教也有幫助。」

沈洛年倒沒有這麼害怕這些總門變體者，萬不得已還有闇靈之力可以拚命，不過他看著劉巧雯，想了想開口說：「巧雯姊，妳爲什麼不想讓我當神？對妳沒壞處吧？」

「這……你沒必要知道。」劉巧雯頓了頓說：「其實你都別出面，避遠遠地最好，這樣日後還有機會扭轉……所以我才希望你去找瑋珊他們。」

這女人似乎對總門也不怎麼忠心，果然搞不懂她想幹嘛。沈洛年想了想說：「不然我趁現在偷溜吧？」

「你要害死我嗎？」劉巧雯沒好氣地說：「這一路往外走都有人拿著槍看守，沒我領路你怎麼走得出去？」

這也不行、那也不行……沈洛年不想了，靠在椅背上說：「門主不是要見我嗎，等會兒勸她自己當神好了。」

「你別傻了。」劉巧雯說：「部長不可能讓你見門主的，大概誰多嘴提到你，讓門主起了好奇心……部長會勸阻門主的。」

「怎麼聽起來門主不大像門主？」沈洛年說：「剛剛那阿婆說門主之前，好像喊了一聲姊姊？」

「是嗎？我也沒見過門主。」劉巧雯倒沒注意到，她想了想沉吟說：「門主是狄部長的親人，這傳聞倒是聽說過……」

「這也變成傳聞？姊妹關係有必要當成祕密嗎？」沈洛年莫名其妙地說：「這總門當真怪怪的。」

劉巧雯正想說話，門卻呀然一聲被推了開來，兩人轉過頭，卻見狄靜沉著臉站在門口，臉上神情十分難看，身後還跟著幾個持槍配劍的變體青年。

劉巧雯吃了一驚，連忙站起，沈洛年倒不急著站起，這些人雖然臉色沉重難看，但一個個心中滿是疑惑，並沒什麼惡意，不用害怕。

「洛年小弟，請站起來。」狄靜似乎為了什麼事情困擾，眉緊緊皺著。

沈洛年聞聲站起，一面說：「這一群人是幹嘛的？要打架嗎？」

「你誤會了。」狄靜走近說：「因為門主要見你……我不親自檢查不放心，得罪莫怪。」說完她也不等沈洛年開口，伸手就往沈洛年身上摸了過去。

沈洛年因為覺得對方沒有惡意，所以也沒防範對方近身，沒想到狄靜就這麼摸了上來，沈洛年忙叫：「阿婆，至少找個男人來檢查吧？」

狄靜毫不客氣地從上往下摸，一面皺眉說：「我這九十幾歲的祖奶奶會佔你便宜嗎？別小家子氣了。」

看不出這阿婆有九十多……不對，這不是讚歎的時候，誰說老太婆不會吃人豆腐了？沈洛年正想抗議，突然發覺狄靜明明摸到了金犀匕，卻彷彿沒摸到一般，繼續往下搜索，一點反應都沒有……這就是吉光皮的效果嗎？原來不只會沒看到，連摸到了也不知道？吉光這種妖怪還眞有點邪門，沈洛年睜大眼睛，一時忘了繼續抗議。

狄靜上下摸了兩遍，果然，她明明兩次都摸著金犀匕，卻彷彿未覺。她點點頭說：「我這就帶你去見門主，記得不能跟門主亂說外面的事，無論她問你什麼，簡單回答就好。」

「阿婆，妳這樣說真怪，那人到底是門主還是囚犯啊？」沈洛年忍不住問。

這話一說，眾人臉色都變了變，劉巧雯低聲說：「洛年，別亂說話。」

不能問嗎？沈洛年聳聳肩，閉上嘴巴。

「部長，門主真要見洛年？她怎知道洛年這個人？」劉巧雯忍不住又問。

狄靜看了劉巧雯一眼，過了幾秒才說：「她……自己知道的。」

「啊？」劉巧雯似乎十分意外。

「走吧。」狄靜不想多言，對沈洛年一引，在四個持槍變體者護送下，帶著沈洛年往外走，而劉巧雯似乎自知不能跟去，走到門外便停下腳步，只擔心地目送沈洛年離開。

沈洛年穿過外面的大廳，走入不遠處的另一間土室，那四名變體青年並沒跟入，但裡面卻站了八個配著短劍的變體女子。

那八人的其中一人，正是剛剛前來傳訊的女子。她們對著狄靜施禮的同時，每個人目光都忍不住偷盯著沈洛年，十分好奇。

這房間之後又有一扇門，這扇門卻是沈洛年到了這兒之後，第一次看到的金屬門，也不知道是在這兒打造還是從別處送來的，只見狄靜將門打開，繼續帶著沈洛年往內走。

剛剛狄靜和沈洛年碰面的地方，已經算得上頗光亮，這兒卻更是燈火輝煌，周圍牆上、屋頂上到處都掛著蠟燭，雖然通風設計得不錯，但這燃燒味道還是不怎麼好聞。沈洛年目光掃過，卻見這土室中放了一張大床，床上放著看來十分柔軟蓬鬆的枕頭、棉被、氈毯，在那大片軟綿綿的被褥中，一個年約十四、五歲，容貌嬌美的長髮少女裹著棉被，半坐半躺地沉陷在被褥之中，正微紅著臉龐，睜著雙圓滾滾的眼睛望著兩人。

這小丫頭哪兒來的？長得和狄靜有點像，莫非是門主的曾孫女之類？

話說回來，這種時候還有這種床鋪，可眞算得上享受了，沈洛年瞄了兩眼，見少女探出被外的手臂和小半截小腿都露出一片雪白肌膚，似乎只穿著短褲小衣，沈洛年不好多看，只好轉頭四面張望，但看來看去卻沒看到第二個人，不禁有點莫名其妙，幹嘛把自己帶到這小女孩的房間內？

「小靜，就是他嗎？」少女聲音異常輕軟稚嫩，但似乎帶著狄靜一般的口音。

這丫頭才叫沒大沒小，居然叫這阿婆部長「小靜」？沈洛年有點意外地瞄了狄靜一眼，不知這阿婆會不會發火？

沒想到狄靜卻說：「姊，妳爲什麼一定要見這人？」

媽啦！姊姊？見鬼了，這丫頭其實是妖怪嗎？沈洛年仔細感應，卻一點人炁、妖炁都沒感

覺到，連懷眞那種仙炁味也沒有，就是很單純普通人的感覺，但一個普通人怎麼可能九十多歲還像個少女？啊……莫非只是輩分上的遠房姊姊，那又爲什麼會讓個少女當門主？

「妳總說我是門主。」少女低聲說：「讓我見個人都不行嗎？」

「話不是這樣說。」狄靜皺眉說：「這人畢竟是外人。」

少女似乎很勉強才鼓起勇氣說這些話，她遲疑了一下才說：「這些剛剛妳都說過了。」

狄靜似乎拿少女沒辦法，嘆了一口氣說：「總之我帶他來了，有什麼要跟沈先生親口說的？」

「我……想單獨和他說話。」少女遲疑了一下才說：「小靜……請妳也出去。」

「這絕對不行！」狄靜沉下臉。

「那……」少女紅著眼眶說：「我……我以後……一輩子都不跟妳說話了。」

「妳……」狄靜遲疑了好片刻，回頭看了看沈洛年，肅然說：「洛年小弟你記住，這位可是總門門主，絕不能有任何冒犯，否則這兒所有人都會與你爲敵，就算只碰到門主一根頭髮，我……」

「夠了啦，小靜，不會有事的。」少女輕聲說。

狄靜看了看少女，又警告般地瞪了沈洛年兩眼，這才滿懷憂心地往外走，一面把門關了起來。

等狄靜關上了那扇金屬門，少女才偷看了沈洛年一眼，這一看她臉龐又紅了起來，連忙低下頭。

但沈洛年心中卻另有想法，這女子若是普通人，自然不可能當上門主，莫非她其實道行比懷眞還高？連自己都無法感應到她的炁息？一個嬌弱少女，怎能當上總門門主？但這少女又彷彿沒見過人般的三歲小孩，連與人對看的勇氣都沒有，又不像演戲……實在搞不懂怎麼回事。

兩人沉默了片刻，少女似乎終於鼓起勇氣說：「你過來一點好嗎？我聲音很小……隔太遠聽不清楚。」

看起來倒眞像是少女，沈洛年走近兩步說：「妳眞是門主？怎不下床？」

「我走不動。」少女搖搖頭，羞澀地笑說：「到哪兒都是人家抱著我的。」

「妳走不動？」沈洛年多走近兩步，站在床旁說：「怎麼回事？」

「肌肉沒力氣。」少女說：「不是病喔，他們說是我太少用肌肉了。」

「太少用？那還躺著幹嘛？不起來多用點？」沈洛年詫異地說。

「只練幾天也沒用……」少女上下仔細看了看沈洛年，有點失望地說：「原來……你長這樣。」

這是什麼話？沈洛年皺眉說：「我長怎樣關妳……什麼事？」總算沈洛年和對方不熟，把「屁」改成「什麼」，稍表心意。

「沒有啦，只是上一次沒看清楚。」少女想了想，突然有點臉紅地低聲說：「你……轉身讓我看看後面好嗎？」

「我們什麼時候見過？看我後面幹嘛？」沈洛年詫異地說。

「沒……沒什麼，不用了。」少女似乎不好意思說，低下頭不說話。

她什麼時候看過自己？這女孩不像在裝模作樣，看來她不只表面天真，心底似乎也挺單純的，而且不能動既然是實話……應該真是小孩，不是什麼道行高深的老妖怪。

想到這兒，沈洛年忍不住開口說：「妳這樣……怎會是門主？難道門主是世襲制之類的嗎？」

少女想了想，露出一抹甜笑說：「差不多啦。」

「那……妳找我幹嘛？」沈洛年問。

「嗯……」少女遲疑了幾秒，終於漲紅臉說：「請……揹我逃走好嗎？這個……謝謝。」

「啊？」沈洛年一愣說：「妳胡說什麼？」

「這樣說不行嗎？」少女一驚，身子往棉被裡縮了縮，一面苦惱地說：「我還應該說什麼呢？」

「我不陪妳玩了。」沈洛年搖頭往外走，一面說：「妳以後也少找人麻煩，乖乖當個小門主吧。」

「不行……你、你別走。」少女見沈洛年要走，心慌地往外爬，一下子摔到了地上，她手腳無力，想爬又爬不起來，眼睛馬上紅了起來。

沈洛年一呆，這時顧不得少女只穿短衣，他走近扶正少女，看著她那細瘦蒼白透著青筋的手臂和雙腿，有點訝異地說：「妳好像眞走不動，怎麼瘦成這樣？」

「嗯……」少女紅著眼睛說：「你幫幫我，好嗎？」

「揹妳走？」沈洛年問。

少女眼眶還閃著淚光，卻馬上點頭。

「走哪去？神經病啊？」沈洛年可不管對方是不是快哭出來，瞪眼罵：「要去哪兒幹嘛找我揹？外面不是一堆人服侍著妳嗎？」

「你……好凶。」少女害怕地說：「你……難道是壞人？」

「對，我是壞人，最好少纏我。」沈洛年把少女捧起，扔回床上，用棉被將少女全身密密蓋好，一面說：「我要走了。」

沈洛年塞得太緊，手腳無力的少女一時鑽不出來，忙叫：「等、等一下……」

「又怎樣了？」沈洛年皺眉說：「我沒興趣陪妳玩。」

「你不幫我的話……」少女望著沈洛年，懇求地說：「拜託你……殺了我。」

沈洛年一呆說：「妳又胡說什麼？這話怎麼可以亂說？」重點是沈洛年看得出少女不是開玩笑，這可讓他有點迷惑。

「我八歲開始，就過著服藥昏睡、被囚禁的生活……現在連自己走路都辦不到……我……不要再過這種日子。」少女凝視著沈洛年，懇求說：「能救我嗎？帶我走？拜託你。」

「他們爲什麼要這樣對付妳？」沈洛年心念一轉，突然一驚說：「難道妳有白澤血脈？」

少女一驚，本來泛紅的臉龐突然失去血色，她詫異地說：「你……怎會知道？」

「難怪他們把妳當寶……」沈洛年瞪了少女一眼說：「不用怕啦，我對妳的血脈沒興趣，連眞的白澤都會唬人了，何況是妳。」

少女想了想，低聲說：「我相信你。」

這倒怪了，沈洛年歪頭說：「爲什麼？」

「因爲……你會救我……」少女頓了頓，深吸一口氣，看著沈洛年說：「我夢見你救我出去，我之後就自由了……所以我相信你。」

「夢見？」沈洛年詫異地說：「預知夢嗎？」

少女微微點了點頭。

「媽啦。」沈洛年瞪眼說：「一定會實現嗎？我才不信，我只要不救妳，這預言就不準了對吧？」

「別這樣……」少女又快哭了出來，一面說：「只是很可能會發生，還是要努力的……」

「找別人吧。」沈洛年說：「妳一定夢錯了，我最怕麻煩。」

「不，我既然夢到你，就是只有你有辦法，但是……你當然不一定會答應……我要怎麼做你才答應？」少女漲紅著臉，低下頭，結結巴巴地說：「如果……你喜歡我的話……我……我……」

「喂！」沈洛年忍不住伸手拍了少女腦袋一下，打斷了她的話說：「妳這丫頭才幾歲？現在就想用本錢拐人啊？」

少女被拍得一驚，不禁縮起了頭，過了片刻才看著沈洛年說：「我很醜嗎？她們……原來是騙我的。」

沈洛年微微一愣，仔細看了看少女，見她膚色蒼白如雪，柳眉杏目，唇艷如丹，雖然有些病弱無力，卻又特別有種讓人疼惜之處，不得不承認少女雖然還沒長大，卻已經是個美人胚子，當初山芷、羽霽化成的女孩已經讓沈洛年頗爲驚歎，這少女更有過之。只可惜沈洛年如今看到美女，就彷彿看到漂亮的駿馬一般，雖然懂得讚賞，卻不會因此心動，沈洛年只好苦笑說：「妳很漂亮啦……應該很多人喜歡妳，我是特例。」

「這……這樣嗎？特例？」少女目光轉了轉，不知想到什麼，臉龐紅了起來，卻又不敢發問。

「我自己也有一堆困擾。」沈洛年嘆口氣說：「還不知道能不能安全離開這兒呢，怎麼能救妳？別開玩笑了。」

「可以的，只要你願意救我，我們一定能出去。」少女認眞地說：「我夢過了。」

「胡扯！」沈洛年說：「門外就有八、九個人呢，每個都比我厲害，抱著妳怎麼衝出去？」

「那麼……」少女往旁一指說：「這後面有門，那邊沒人看守。」兩人話說得多了些，少女似乎比較不怕沈洛年了，語氣比一開始順暢不少。

沈洛年一呆，終於有點認眞地看著少女，想了想才說：「不行，我這一救妳，他們一定開始追殺我，就會被逼著離開這片高原……我現在可不能亂跑。」

少女低下頭，避開沈洛年的目光，有點害怕地低聲說：「你不救我，我……我就說……你非禮我，你也會沒地方去。」

「喂！」沈洛年忍不住瞪眼：「太過分了吧？」

少女身子一顫，頓了頓才堅定地說：「不然你就殺了我，我寧願死，也不想留在這兒。」

「要死還不容易。」沈洛年四面望說：「上吊啦、跳樓啦、撞牆啦……反正別找我麻煩！」

少女紅著眼睛說：「若真有辦法，我還會活著嗎？」

媽的，這丫頭不像開玩笑……沈洛年仔細一看，這周圍確實沒什麼方便自殺的東西……看來早已經有防範了？這少女連走動都不行，當然沒這麼容易自盡，而且重點是——什麼樣的遭遇會讓一個十幾歲的少女一心想死？他望著少女說：「他們到底怎麼對付妳，讓妳寧願死也要離開？」

「現在……沒辦法慢慢說明，小靜過不久就會闖進來的，你相信我，我說的都是實話。」

少女頓了頓又說：「等我們出去，我慢慢、全部說給你聽。」

「我相信妳。」沈洛年別的沒有，倒是有測謊機的功能，他皺眉說：「但是我可不是什麼大好人，妳再可憐我也不想幫。」

「怎……怎會這樣……你怎會是這種人……」少女似乎十分失望，沒想到自己期待已久的人，居然和想像中落差這麼大。

兩人沉默了片刻，少女低聲說：「你不願幫我，也不肯動手的話……你身上有帶武器嗎？可以留給我……自己用嗎？」

眞這麼想死？沈洛年白了少女一眼，想想突然說：「後面眞有路嗎？」

「是，開門的密碼是二五、一七、六三，只有我和小靜知道。」眼看沈洛年似乎意動，少女眼神中透出歡喜的光芒，說話速度也變快了。

「總門的白澤血脈只有妳一個？」沈洛年又問：「就是會預知的人。」

「是。」少女溫婉地點頭說：「一代只會有一個。」

「沒了妳的話，也不能搞傀儡神了……」沈洛年四面望望，拉下床角的一片軟氈毯，瞪著少女說：「妳應該很輕吧？」

少女終於確定沈洛年要帶自己出去，她努力掙出棉被，喜孜孜地說：「很輕。」

「還眞輕，有沒有三十公斤啊？瘦皮猴一隻，出去以後要吃多點。」沈洛年把少女揹起，用毯子綁妥，一面罵：「媽的！我一定會後悔！眞是會被妳害死！」

少女剛一貼上沈洛年的背，全身都臊紅起來，一聲都不敢吭，但聽沈洛年罵個不停，她忍不住低聲說：「別這樣，我會報答你的……我……以後服侍你一輩子，可以嗎？」

「這什麼時代的報恩法？妳腦袋眞有點古怪。」沈洛年哼聲說：「不用客氣啦，若一直帶著妳這小美女亂跑，我喜歡的女人大概會吃醋，雖然她老說不會吃醋，但其實根本是騙人的，只要是母的，說不吃醋都不能相信。」沈洛年一面綁毯子，一面隨口唸。

「你有喜歡的女人？」少女吃驚地說。

「怎麼？很奇怪嗎？」沈洛年問。

「你剛不是說……自己是特例……我以爲……」少女越說聲音越小。

沈洛年突然會過意，忍不住罵：「媽啦，我可不是……妳想到哪兒去了？」

「我不知道啊。」少女紅著臉笑：「我很少出門，懂的不多。」

「妳被關多久了，幾歲了？」沈洛年隨口說。

「你猜我幾歲？」少女笑著說。

「懶得猜。」沈洛年扯了扯毯子，確定綁牢了，這才說：「後門在哪兒？」

「那竹簾後面。」少女往後一指。

沈洛年走近，刷地一聲拉開竹簾，果然看到又一扇金屬門，沈洛年剛聽到三個號碼，本以爲只是個號碼鎖頭之類的東西，沒想到卻是個類似保險箱的大門，上面一個有著刻度的銀色大轉盤，亮晃晃地挺刺眼，沈洛年吃驚地說：「眞周到，用這麼好的門。」

「請小心點，沈先生。」少女擔心地說：「小靜說，萬一轉錯，會一段時間打不開。」

「轉錯的話，我們就當沒發生過這件事，妳回去躺好，我自己回家。」沈洛年一頓說：「媽的，好主意！我故意轉錯好了。」

「別……求你別這樣。」少女難過地說，眼淚又流了下來。

「別在我背後哭，滿脖子都是水。」沈洛年照著密碼，順利將門鎖打開，金屬門一拉，後面黑黝黝一片，什麼都看不清楚。

「這有多遠？」沈洛年問。

「不……不知道。」少女見門順利打開，驚喜地收淚說。

沈洛年嘆口氣，從牆上取下一個便於攜帶的方形小燈籠，就這麼揹著那少女往那條甬道掠了進去。

ISLAND
回不了家了

沈洛年小心地奔出了一段距離，這一路上卻沒有發現什麼埋伏和陷阱，而這甬道也比其他的通道粗陋，似乎開挖不久，還沒整理過。

一面跑，少女一面低聲說：「還好沈先生這時就到了……聽說過幾天會做出發電機，就會在通道裝上感應器，那時後門一打開，前面就知道了。」

「所以我要是晚幾天才來，妳就會死心放過我了？」沈洛年說。

「不……」少女那軟綿綿的聲音，在沈洛年耳畔低聲說：「不管什麼時候才來，你都一定能救我出去的。」

「預知夢不是未必準確嗎？」沈洛年一面拿著燈籠注意周圍的狀況，一面說。

「除非……很多人努力想改變那個未來。」少女聲音透出愉悅，輕笑說：「但你和我都想達成，小靜他們又不知道這個未來，不會預先阻止，成功的機會當然很大啊。」

「原來如此。」沈洛年繼續往前走，走著走著，他突然停下腳步說：「喂，ㄚ頭！這是怎麼回事？」

少女往前一看，卻見眼前是一片土牆，這甬道居然只挖到一半，並沒有當眞挖通，她也一愣說：「怎……怎會這樣？」

沈洛年敲了敲土壁，感覺到聲音十分堅實，似乎離外部還有好一段距離，如果能確定多遠的話，還可以挖看看，但這時萬一敵人從後面追來，可是甕中捉鱉，逃都沒地方逃，沈洛年想了想說：「輕疾，可以告訴我還有多遠嗎？還是這也算非法？」

「沈先生，你……跟誰說話？」少女意外地說。

「土地公！」沈洛年回了少女一句，仍沒聽到輕疾的回音，訝異地說：「輕疾？后土？有人在嗎？」

但輕疾卻彷彿消失了一般，完全沒有聲音。

「什……什麼土地公？」少女有點害怕地東張西望。

「就是……唔……算了，沒事。」沈洛年突然想起，后土交代過，不能讓別人知道此事，說不定輕疾就因此才不吭聲，那女孩正緊貼著自己左耳側，輕疾這一說話，她八成也會聽到。

「你……不是嚇我吧？」少女縮著身子說：「你認識神嗎？眞有神嗎？」

「你們那狄部長，還想叫我扮神呢。」沈洛年胡亂回應了一句，扭頭說：「怎辦，逃不出去，我們回去假裝沒這件事吧？」

「不……不行啦。」少女慌張地說：「你不救我了？」

「怎麼殺得出去？」沈洛年說：「門外有一群高手，一路上還有一堆拿槍的守衛，每個都比我厲害。」

「我不知道……」少女無所適從地說：「那……那你殺了我吧。」

沈洛年哼聲說：「若是殺了妳不會有人找我麻煩，我馬上幫妳解脫！」

少女身子縮了縮，難過地說：「你……你這人眞是……」

「眞是壞蛋？早跟妳說選錯救星了。」沈洛年加快腳步往回走，一面說：「萬一被發覺就糟了，快點回去裝沒事。」

少女想了想，低聲說：「沈先生……」

「叫洛年就好。」沈洛年說。

「洛……洛年。」少女似乎不大習慣，頓了頓才說：「我那個夢……你是從前面闖出去的。」

「少來！」沈洛年看不到少女的面孔，只憑聲音分辨不出眞假，他不相信地說：「那妳幹嘛要我走後門？」

「我以爲後門比較容易。」少女囁嚅說：「沒想到卻沒挖通，我們往前跑一定可以的。」

「妳自己想想也該知道不可能吧？算我求妳，放我一馬。」沈洛年說：「另外找人幫妳自殺如何？讓我安心地回去。」

少女卻不說話了，隔不多久，輕輕的啜泣聲從沈洛年身後傳來，少女竟是忍不住哭了起來。

媽的，這愛哭鬼到底受了多大的苦？現在也沒時間問……而且這時心軟不得，當眞問出什麼悲慘情節，自己萬一又熱血上湧那可不妙，沈洛年這時頗慶幸甬道不通，剛剛一時頭昏答應了這丫頭，這是老天賜給自己一個反悔的機會。

這一路跑，沈洛年後頸滴了整片少女的淚水，他也不想多計較了，等等把她扔下床之後就往外走，萬一這丫頭當眞要陷害自己，那結果反正一樣是被追殺，不救她也是應該的。

沈洛年就這麼奔回了那間寢房，見房間還是原來的模樣，沈洛年暗暗慶幸，忙著把後門掩上，竹簾蓋妥，正打算解開氈毯時，那門卻很不給面子地砰地一聲打開，狄靜正站在門前說：「實在太久了，門主……啊？小子！你幹什麼？」

沈洛年一呆，卻見門口那端已擠滿了女人，狄靜正從身旁女子手中搶過了一把劍，扭曲著臉往內直撲，一面說：「放下門主。」

同時眾女紛紛衝入，沈洛年正想解釋，身後那少女不知哪兒來的勇氣，突然大聲說：「小靜！我……我已經是他的人了，妳們住手，放我們走！」

媽啦！這丫頭落井下石？沈洛年一呆，卻見眾女大吃一驚，除狄靜之外，其他幾人都有點驚愕地停下了手。

狄靜一面對著沈洛年揮劍急攻，一面跟著大嚷：「還不動手？這人膽敢侮辱門主，罪該萬死！」

這一聲斥罵，那八女又動了起來，紛紛對著沈洛年攻擊，還有人放出劍炁遙攻，門口幾個青年聞聲衝來，舉起槍對著沈洛年瞄準，一面大呼小叫。

完蛋了，身上揹著三十公斤的負擔，可不好躲，沈洛年開啟著時間能力，在這狹小的房間中左閃右躲，想說話解釋，卻又發現開啓時間能力下，說話並不容易，沈洛年一面懊悔過去沒練習說話，一面避著眾人的攻擊，還好這兒畢竟是息壤地底，變體者的妖炁強度仍有限制，速度不算太快。

「你們是白痴嗎？別放劍炁！別用槍！」狄靜大聲叫：「小心傷了門主，快通知星部派高手來！」

高手來還得了？沈洛年可不想死在這兒……媽的！既然不動手不行，自己也不用客氣了！沈洛年臉一沉，手探向金犀匕，準備運起闇靈之力殺人，順便多吸幾個。

但這一摸，卻摸到了那支「姜普旗」，沈洛年心念一轉，不取金犀匕，拔出了姜普旗，這麼迎風一甩，一陣白色濃霧滾滾而出，往外瀰漫，這兒是地底室內，效果奇佳，只不過短短數秒，濃霧掩目，連周圍的燭火光影都透不進，當下一片漆黑，伸手不見五指。

眾人驚呼怪叫、到處碰撞的同時，沈洛年卻也是東碰西撞，他不禁暗暗叫苦，自己可沒有牛頭人的牛鼻子，而且就算有牛鼻子也不適合認路……若是大片空地可以靠著炁息感應敵人，進行攻擊，這兒範圍太小，隨便一個縱躍就會撞牆，可不能輕舉妄動。

他好不容易靠著牆壁停下，正思考的時候，卻聽狄靜大聲說：「別慌張，那小子路不熟，大家別胡亂出手，小心誤傷門主，幾個人守住入口，等煙散去。」

「沈先生……洛年？」少女什麼也看不到，在身後低聲喊。

沈洛年急叫：「別說話。」兩人這一對話，沈洛年馬上感覺到有人撲來，他身子一閃，姜普旗交到左手，右掌運起道息，一聲不吭地向著對方腦袋直敲，他手掌輕鬆破入對方護體炁息，一個快速手刀直敲後腦勺，那人也不知是男是女，就這麼咕咚倒地爬不起來。

「怎……怎麼了？」少女低聲懇求說：「別殺人好嗎？他們都對我很好。」

「只是打昏。」若非拚命沈洛年也不想下殺手，他一轉身，又打昏了一個聞聲接近的，跟著以賴一心傳授的無聲步，很快地換了幾次位置，選了沒人的地方躲去，才又停了下來。

這時每個人站在哪兒，沈洛年自然是清清楚楚，趁濃霧把所有人打昏是個辦法，但這兒地形狹隘，不便盲眼瞎打，若時間拖長，敵人沒完沒了地增援，這姜普旗的濃霧能支持多久？

沈洛年靜下心來，四面觀察著敵人炁息的分布，突然心念一轉，不再只把注意力放在炁息，反而把注意力集中在道息的狀態，這麼一來，周圍狀況突然清楚起來，越靠近息壞土壁的地方，道息自然越稀疏，遠離息壞之處，道息自是漸趨濃密，而這種地方，當然就是通道所在。

沈洛年本就能感受道息，但過去應敵時多半把注意力集中在炁息感應，沒注意這種地方，沒想到在這息壤地底中，這能力反而特別好用，當下沈洛年弄清楚了方位，奔到門口又打昏了兩人，轉身往大廳衝了出去。

本來那滾滾濃煙就不斷地往大廳中瀰漫，聽到變故的人們，正紛紛往這兒擁，詫異地望著那彷彿活物一般，從門中往外捲出的煙霧；此時沈洛年一奔出，煙霧自然往外散開，眾人驚呼怪叫中，有人開槍，有人亂砍，馬上跟著有人慘叫，一下子天下大亂。

「有敵人！」

「那人劫持了門主，不准開槍！」

「守住門口！守住門口！」

「跟著煙霧追，那人放煙霧彈！」

雖然到處都有人叫嚷指揮，但誰也看不到、感應不到沈洛年與這無炁息的少女門主。

而此時沈洛年藉著感應道息分布狀況，對周圍地道路線已一清二楚，他就這麼一路往外奔，直往入口處衝。一路上那些拿槍看守的青年，雖然身處息壤區，但畢竟本是變體者，一樣會被提高注意力的沈洛年感應，他不客氣地一個個打昏，免得另有意外，但也因爲煙霧的來源很容易分辨，後面地道不時傳出有人跌跌撞撞追來的聲音。

終於到了盡頭，沈洛年推了推那片木造的假草皮地面，倒是咕嚕咕嚕地應手而開，大片天光灑到兩人身上，一片草香泛入鼻息，那片濃霧雖然仍能遮蔽視線，卻不像剛剛一樣濃黑，抬頭一看，仍能看到天空。

「眞的出來了！你果然辦得到……你果然辦得到……」少女緊摟著沈洛年的脖子，低聲呼喊著。

可逃出來了吧？沈洛年將姜普旗捲收回腰間，運著妖炁往上斜飄，打算往空中飛逃。但這麼一飛，身子卻沉了一沉，往上升的速度十分緩慢，沈洛年一呆說：「糟糕，太重了。」

「我……我重嗎？」少女萬萬沒想到居然會聽到這句話。

「不是。」其實是影蠱妖炁不夠力，雖然抬得動，但快不起來，而飛上高空時若出現妖物，揹著這三十公斤，那點妖炁可是完全閃不了……沈洛年只好直接點地奔跑，但過去飛奔時只有衣物的質量，現在卻突然變成近三十公斤，雖以妖炁托體後奔跑仍不算慢，但若和一些學會運炁之法的變體者相比，當然是遠遠不如。

同時沈洛年感應到這土丘中的變體者正從不同地道四面散開，似乎打算從不同方位攔截，其中更有大部分往東方高原那方向奔。

現在跑不過別人，往東跑會被堵上……而且就算能逃回高原區，那幾千個變體者，一定會拿著槍砲滿山搜捕，那兒連高點兒的樹木都沒有，在能飄飛縱躍的變體者追索下，帶著這少女絕對躲不了。

想到這兒，沈洛年終於停下腳步說：「回不了家了……媽的！希望別連累了鄒大叔一家。」

少女似乎並不意外，只低聲說：「對……對不起。」

「可惜了背包、腰包和幾條褲子，我挺喜歡的。」沈洛年一轉頭，向著西南方森林區奔去——到叢林地形之後，只要靠著炁息感應閃避，就算來千軍萬馬也找不出自己。

□

半個多小時後，沈洛年在一處河岸旁停下，放下少女，拿水洗了洗臉，又捧了點水喝，這

才回頭說：「還好吧？」

少女坐在地上，露出笑容，害羞地點了點頭。

「渴不渴？」沈洛年頓了頓說：「我捧給妳？」

「我可以稍微走一點路。」少女遲疑了一下說：「你……可以扶我站起來嗎？我想看看這……溪水。」

「嗯。」沈洛年走近，把少女的身體托起，讓她搖搖晃晃地站著，少女靠著沈洛年，慢慢地往河邊走，一面說：「對不起，我會盡快把力氣練起來的。」

「沒關係，反正妳輕飄飄的。」沈洛年扶著少女走到河畔，讓她在岸邊坐下，看她很新鮮地掬了一捧水，在手中看了半天，直到水完全漏盡，才又掬了一捧，輕輕啜了一口，跟著她露出一抹甜甜的笑容，似乎十分開心。

看她這麼高興，也不枉這場冒險。沈洛年看這少女弱不禁風的模樣，挺怕風一吹她就滾到河裡去，不敢離開太遠，坐在她身旁說：「會不會肚子餓？」

「不會，謝謝。」少女搖搖頭澀然笑說：「知道會跟你走，我已經先吃過東西了。」

「好吧。」沈洛年躺在地面說：「到底是怎麼回事啊？逼得妳非逃不可……要是那群人都是渾蛋，我當面打不過，下次摸去一個個偷偷殺光。」

「請……請不要這樣。」少女有點害怕地說：「他們不是壞人。」

「不是壞人妳又要逃？」沈洛年瞪眼說。

「這……」少女苦笑搖頭說：「我從頭說起好嗎……這邊安全嗎？」

「放心說吧，有敵人接近我會知道。」沈洛年說。

少女點了點頭，思考了一下才說：「我叫作狄純……是小靜的姊姊，你……可以叫我小純。」說著說著臉龐又紅了起來。

「嗯，小純……妳是她遠房什麼族姊嗎？」望著天空的沈洛年說。

少女狄純搖了搖頭，看著沈洛年片刻，才抿嘴一笑說：「我是她胞姊。」

「什麼意思？」沈洛年砰地一下坐起，詫異地說。

「小靜今年九十六歲，你猜猜我幾歲？」狄純好笑地看著沈洛年。

這問題，不久前狄純才問過一次，沈洛年卻不知竟有如此深意，若是別人，可能會表示不信，問題沈洛年看得出對方不是說謊，這才不知該如何反應，只愣愣地看著狄純……

狄純看沈洛年只張大嘴，卻沒說不信，似乎也有點意外，她想了想，這才輕聲說：「我八歲開始，就被迫使用藥物——每昏睡半年，清醒十日……而昏睡的時候，身體機能是降到極緩慢的狀態……所以九十年過去，我像一般人活著的時間，只有……不到五年。」

所以看來只有十四、五歲的模樣？沈洛年張大嘴說：「所以……其實妳等於只活了十三、四年？」

「嗯。」狄純低頭淺笑說：「但如果說作夢的話，我卻夢了八十多年。」

「爲什麼要這樣對妳？」沈洛年一轉念說：「因爲預知夢嗎？」

狄純點頭說：「預知夢有兩個特色，首先……預知的夢境，是對我來說很重要的事。」

沈洛年可不懂了，這和睡很久有什麼關係？而且如果只和狄純有關，那這些夢也未必有用啊？

狄純似乎了解沈洛年心中的問題，接著解釋：「因爲我大部分時間都和人世間無關，總是在一個很安全的地方長久沉睡，這樣預知的事情，就可能是具有很大影響力的事件，才會影響到我，並進入我的夢中……比如說……三年前，我曾夢到自己因各地都充滿妖怪，而被搬遷到海外安全處，宗派才推斷出，妖界不久後即將回歸，所以一直努力阻止。」

「原來如此……」沈洛年想了想說：「還有第二個特性呢？」

「長久沉睡下的預知夢，會十分清晰，就像眞實的一樣。」狄純說：「如果像一般人一樣作息，是普通夢還是預知，就會很難分出來，這能力就等於沒用了。」

「就因爲這種理由逼妳一直睡覺？」沈洛年皺眉說。

「是啊。每次一睡半年，醒來身子都不像是自己的了，行走坐臥……連盥洗都要人服侍……」狄純望著河水，平靜地說：「好不容易靠著按摩推拿與強迫活動，勉強自己走上兩步，又得睡了……一次比一次還嚴重，這樣下去，總有一天會爬不起來，我不想這樣。」

「這樣似乎確實不大好。」沈洛年皺眉說。

「還不只這些……」狄純轉頭看著沈洛年說：「我們還得負擔把白澤血脈傳下去的責任，你知道怎麼傳下去嗎？」

「呃？不就生孩子嗎？」沈洛年有點尷尬地說：「和一般夫妻差不多吧？」

狄純搖了搖頭，低聲說：「從可以受孕之後，每次清醒，他們就可能會安排一個男子來……萬一不能成功受孕，半年後可能又換一個男子……一直到生出下個女性白澤血脈，能力轉移，這工作才能結束……」

狄純的語氣平淡，彷彿說著別人的事情，但沈洛年卻看得出她內心的沉重鬱結、害怕恐懼，難怪她寧願死也不想過這種生活。

「我想了很久很久……我不要這樣的人生，如果我能有個女兒，也不想她有這種命運。」

狄純說到這兒，堅定地看著沈洛年說：「如果你不幫我，我現在就跳到河裡淹死，也比回去好。」

沈洛年突然明白了，狄純因為只真正「活」了十三年，加上生活簡單少見人，所以很多地方還像個小女孩一樣天真單純，還挺容易害臊，但換個角度說，她也因為睡了八十多年，腦海潛意識一直在運作著，所以她也擁有超越這個歲數的成熟懂事。

狄純看沈洛年不說話，望著他說：「你還覺得我不該逃嗎？」

沈洛年無話可說，只好嘆了一口氣說：「好吧，妳該逃，逃得對，算我倒楣。」

狄純低下頭，難過地說：「對不起……我知道不該連累你，但實在沒有別的辦法……過去每一代白澤血脈，應該都想逃出這個命運，我們具有預知能力，若有機會該能掌握，但他們看管實在太嚴了，這麼多代過去，直到今日……我才終於逃了出來……」說到最後，她忍不住掩面低聲啜泣。

這白澤血脈周圍總是有一群變體者加意防護著，若不是自己恰好有姜普旗，加上能藉著鳳靈之體觀察炁息和道息，換個人確實闖不出來……沈洛年這時也不知該說什麼，只伸手輕揉了揉狄純的頭，狄純一陣心感，轉身撲到沈洛年懷裡，大聲哭了出來，彷彿要把這麼多年的委屈一次吐盡。沈洛年也不說話，就這麼輕拍著她的背，讓她盡情地哭個痛快。

哭了十幾分鐘，沈洛年右腿褲管濕成一片，狄純這才抽咽地停住了哭泣，沈洛年見她頗吃力地想坐起，忍不住伸手扶了一把，一面說：「妳夢到我多久了？」

狄純聽到這問題，臉一紅，低頭說：「兩年了，我……我一直期待著今日……可惜夢裡只看到你的後面……」

難怪剛剛想看自己後腦勺？沈洛年忍不住覺得好笑。

狄純接著說：「夢中你揹著我，在一團雲霧中逃出來，我還以爲後面這段是自己半睡半醒時的幻想，原來你眞的能呼喚雲霧……」

「那也是運氣好，前幾天做了好事的好報。」沈洛年突然皺起眉頭說：「說起來妳那個阿婆妹妹太不像話，怎麼不幫妳逃？」

「我也不明白……這幾十年，一直都是小靜在照顧我……」狄純黯然說：「她年輕的時候，常勸我忍耐，說一輩子躺在床上的媽媽曾交代她，找到機會就帶我逃，可是一年年過去，她年紀大了，也變了，漸漸只關心我作了什麼夢……再也不提這些事情，後來我們狄宗……」

「狄宗？」沈洛年插口問。

狄純點頭說：「以前我們只是一個宗派，從母姓的白澤血脈，一直都擔任宗主……上次醒來才變成總門門主，我也不大清楚怎麼回事……」

可能是幾個宗派融合組織起來，讓這傀儡般的白澤血脈當門主，可以知道預言又不用眞的聽令，倒是個好選擇，沈洛年點點頭說：「妳接著說吧，後來你們狄宗怎樣了？」

「是。」狄純沉思一下，接著說：「應該是……二十多年前吧，我偶然知道，狄宗裡面，小靜的權力已經是最大的了，我問她可不可以放了我，結束這種血脈的命運……她卻開始到處找理由，還找別人來應付我……我那時就知道……她已經完全變了，永遠不可能放過我的。」

「媽的，渾蛋！這樣對付自己姊姊！」沈洛年怒火中燒說：「我去幫妳宰了這爛妹妹！」

「不……不要。」狄純忙說：「這也不能怪她。」

「不怪她怪誰？」沈洛年瞪眼。

「九十年來，不管誰掌權，都這樣對我……她也只是其中之一，我只要逃出來就好了，不用報復。」狄純看著沈洛年，畏縮地說：「你別這麼生氣，好嗎？」

「妳還眞是大好人。」沈洛年沒好氣地說：「我該介紹妳認識個叫作賴一心的熱血傢伙，兩個人剛好組成大慈大悲聖光普照雙人組。」

「什麼……好長的名詞。」狄純忍不住笑了起來。

沈洛年望著狄純那清麗的笑容，讚歎地說：「妳眞的挺漂亮，不能一直跟著我逃命，等妳恢復健康，可得找個有錢人把妳賣了。」

狄純先是一驚，但細看沈洛年表情，她忍不住嘟嘴說：「你又嚇我。」

「總不能讓妳一直跟著我。」沈洛年站起笑說：「我意思是，以後找個好人，把妳嫁了啦。」

「我不嫁人。」狄純紅著臉說。

「千辛萬苦逃出來，不就是爲了能自由嫁人嗎？」沈洛年伸手把狄純托起，扶著她往回走，一面說：「妳穿太少了，別在河邊吹風，先去拿毯子裹上。」

「嗯……」狄純裹上毯子，四面望望之後，突然遲疑著說：「這種地方……沒有洗手的地方？……都沒有別的人家嗎？」

剛剛不是才洗過？沈洛年一愣說：「想去廁所？」

狄純遲疑了一下，紅著臉點了點頭。

這小女孩大概從沒出過門，可有點麻煩……沈洛年有點尷尬地說：「荒郊野外，通常隨便找個草堆蹲著就解決了，我避開一下，好了再叫我……放心，這附近半個人都沒有。」

「這……」狄純似乎挺爲難，想了想才搖頭說：「算了。」

「怎麼能算了？」沈洛年沒聽說過還有這種選項，呆了呆說：「有問題嗎？」

狄純有點慌張地搖頭說：「還是不要……我想看看……」

「快說！」沈洛年沒耐性地說：「說了我才能早點想辦法，等會兒憋不住大家難看。」

「別……這麼凶……」狄純一驚，忍不住哭了出來，抽咽地說：「人家……人家……月……月事來了，要……要換……。」

啥？明明是個發育不良的小丫頭！就不能晚幾年再來嗎？沈洛年眉頭皺成一團，呆了半天才說：「妳先自己哭一下，等我五分鐘，我馬上回來。」

狄純一聽，顧不得哭，忙說：「你……你要去哪兒？去幹嘛？別……別扔下我。」

「旁邊而已，妳看得到我。」沈洛年扶著嬌小的狄純坐下，一面說：「我去幫妳想辦法。」

沈洛年果然沒走多遠，狄純遠遠看著，只見沈洛年停在十餘公尺外的樹林間，看著天空，嘴巴動個不停，也不知道是唸咒還是在幹嘛，過了好片刻，他突然低下頭四處走了幾步，猛然把好幾株沒見過的蕨狀植物拔了起來查看。

跟著他從腰間取出一柄亮晃晃的金色匕首，輕削著蕨衣外皮，露出裡面細長的白色條狀莖幹，並截成一段段小指大小，用力揉了幾十下，再默禱般地用雙手捧著片刻，只見一陣輕煙莫名從沈洛年手中泛起，他這才拿著一堆彷彿白色小玉筍般的東西奔了回來。

狄純這時早已經忘了哭泣，詫異地看著沈洛年，卻見沈洛年板著臉，把那捧東西往自己面前一推說：「拿去！」

狄純訝異地接過，一面說：「什……什麼？」

「看不懂嗎？」沈洛年皺眉說：「這東西已經乾燥了，聽……聽說吸水性很強，挺適合。」

狄純突然懂了，她紅著臉捏起一個看了看，只覺觸手柔軟纖細，這才結巴地說：「眞的可……可以嗎？沒聽說過……」

「妳沒聽說過的多了！」沈洛年打斷狄純的話，指了指旁邊撕下的蕨絲，一面尷尬地說：「用這細藤在尾端綁緊，再……免得那個……媽的，接下來自己會吧？」

「會……只是沒用過這種……」狄純紅著臉點了點頭，看著那一大捧低聲說：「不用這麼多啊。」

「慢慢用，多總比不夠好。」沈洛年說：「不用的先放著，我去弄個草葉之類的裝起來。」

狄純確實需要這東西，這時也顧不得害臊，她低聲說：「謝……謝謝你，麻煩你扶我起來……我……我去處理。」

「妳自己弄可以吧？」沈洛年頗感戒懼地問。

「當……當然。」狄純漲紅臉，聲若蚊蚋說：「我……慢慢弄，沒關係。」

沈洛年這才鬆一口氣，媽的，要是有其他女人在旁邊就好了……他苦笑著扶起狄純，找了個隱蔽處讓她自便。這一瞬間，沈洛年突然想通，狄純身體已能受孕，只不過恰逢月事，說不定再過個半年，總門就會找男人來了，難怪她非逃不可……

□

狄純處理私事的時候，沈洛年收妥那些「代替品」，看著河水，嘆了一口氣說：「輕疾，還好有你救命。」

輕疾說：「若沒有闇靈之力，也很難乾燥得這麼快，得曬上幾日。」

「對了。」沈洛年說：「剛在山洞裡面怎麼不理我？」

「那女孩會聽見。」輕疾說：「本體和你約定過，此事不可讓其他人知道。」

「是、是，媽的，你最守規矩。」沈洛年想了想說：「我可不適合照顧這樣一個小女孩，這附近有沒有其他的人類聚集處？」

「這附近，就只有東方高原區那兒才有人。」輕疾說。

那兒現在根本不能去……這下該怎辦？沈洛年想了想說：「這世界還有其他地方有人類居

住嗎？」

「百公里外的種族分布資訊，屬於非法問題。」輕疾說：「但理論上其他陸塊應該有。」

「又是非法。」沈洛年氣呼呼地說：「這樣問好了，你還有什麼可以幫忙的？」

輕疾停了片刻，這才說：「我覺得，你現在頗需要全身復健的相關知識與工具。」

「唔……」沈洛年一愣。

「還有。」輕疾又說：「她也需要全面營養補充、調整體質，否則這樣下去會生病的。」

「我又不是她老爸，誰管這麼多啊？」沈洛年忍不住罵。

「那就不說了。」輕疾說。

沈洛年停了片刻，終於沒好氣地說：「算我倒楣，快說啦。」

輕疾正要開口，突然一頓說：「『白宗葉瑋珊』，請求直接通訊。」

沈洛年一怔說：「人形還是耳內通訊？」

「耳內。」輕疾說。

這種後面的功能也知道，葉瑋珊果然是乖寶寶，看來使用說明都聽完了。沈洛年說：「那我也一樣，接通吧。」

「好的，請通話。」

「洛年嗎？」另一邊傳來葉瑋珊那彷彿熟悉，又已經有點陌生的聲音。

沈洛年停了兩秒才說：「瑋珊？」

「好久不見了。」葉瑋珊說。

「嗯……一個多月了。」沈洛年說。

兩人似乎一時都有點找不到話說，沉默了幾秒，葉瑋珊才說：「懷眞姊說，不讓其他人找你……也沒跟大家說你的名稱，我得自己一個人的時候才方便找你……」

「我知道。」沈洛年頓了頓說：「妳要是很忙，沒時間聯絡也沒關係。」

葉瑋珊沒想到沈洛年會這樣回答，一下子說不出話來。她靜默了幾秒，突然想到另外一件事，不禁輕笑說：「洛年，爲什麼你名字前面加暗諷啊？」

「暗諷？」沈洛年一呆才想通，懷眞只用嘴巴說「闇鳳沈洛年」，難怪葉瑋珊會誤會，不過這也無所謂，解釋起來反而麻煩，沈洛年只說：「懷眞亂取的，免得被人猜到。」

葉瑋珊停了片刻說：「懷眞姊離開前，私下告訴我，會有幾年時間不能去看你，說的時候，似乎很難過。」

沈洛年心頭微微一揪，停了幾秒才說：「這也是沒辦法的事。」

「懷眞姊很擔心你，不希望你冒險，所以我也……不便邀請你過來。」葉瑋珊頓了頓說：

「可是我們大家都很想念你。」

「我又不是什麼好人，想我幹嘛？」沈洛年好笑地說。

「你來的話，可以幫我罵罵一心啊。」葉瑋珊笑說：「那人誰也管不住，只有你有點辦法。」

罵賴一心這工作沈洛年倒不排斥，他皺眉說：「那熱血傢伙有沒有又出什麼餿主意？」

葉瑋珊一聽，知道懷眞沒說，一下子也不知該不該講，她遲疑了一下才說：「我也不知道算不算餿主意……他建議我們到處找找其他難民。」

「去哪兒找？」沈洛年問。

葉瑋珊說：「這……到處都看看……」

「這太危險了吧？」沈洛年叫了起來：「到世界各地跑嗎？」

「我們只要避開強大的妖怪，應該……還好吧？大部分妖怪似乎並不凶惡。」葉瑋珊雖是這麼說，但語氣也沒什麼把握。

「萬一你們剛好遇到幾萬名鑿齒呢？」沈洛年說：「人多到妳殺都殺不出去，說不定還有幾十個刑天一起上。」

萬一遇到鑿齒那種，當眞是沒道理可說，葉瑋珊愣了愣才說：「洛年，那……其他地方、劫後餘生的人，就不管了嗎？」

沈洛年一窒，生氣地說：「要是我就不管！幹嘛到處行善？而且你們再不來噩盡島，這兒……說不定會變得很奇怪。」

葉瑋珊一驚說：「那兒發生什麼事嗎？」

「總門那些人啊！想搞什麼神權治國……」沈洛年頓了頓說：「不過現在被我破壞，大概不容易弄了，可是誰知道以後還會有什麼主意跑出來？」

葉瑋珊詫異地說：「他們上次說，只是暫時維持秩序……」

「說都是這麼說啦。」沈洛年說：「這兒已經開始發行錢幣了耶，妳知道嗎？」

「不……不知道。」葉瑋珊擔心說：「糟糕……這次舅舅和舅媽先去，不會有事吧？」

「我可不管啊。」沈洛年先撇清說：「我和總門鬧翻了，現在幾千個變體者拿著刀槍追殺我，我自身難保，躲到荒郊野外去了。」

「什麼？」葉瑋珊吃驚地說：「你一個人離開高原區？那不是更危險？」

「我會找地方躲啦，一般妖怪也不容易找到我。」沈洛年說：「等你們都來噩盡島，有人當靠山我才回去，媽的！要是你們要和總門打架，算我一份。」

「你和總門起了什麼衝突？」葉瑋珊忙問說：「有辦法化解嗎？」

沈洛年想回答的時候，聽到身後傳來一聲輕響，他轉過頭，見狄純右手拿著一枝藤棍支地，左手扶著樹，正一面緩緩地走來，一面驚訝地看著不斷說話的自己。沈洛年對她比個「通話中」的手勢，走過去扶著她，一面對葉瑋珊說：「這說來話長啦，總之他們亂來，被我壞了好事，就翻臉了。」

「那……」葉瑋珊說：「這樣的話，你不如來找我們……說不定還比較安全。」

狄純正訝異地望向沈洛年，一面低聲說：「說電……電話嗎？這……怎麼……不是不能用嗎？」

沈洛年先點了點頭，要她稍安勿躁，一面說：「我才不去找你們，等等懷眞又亂吃醋。」

那端葉瑋珊停了好幾秒，才低聲說：「懷眞姊是怕你出事，才不是吃什麼醋……她吃誰的醋？」

ISLAND
是旱魃！

「呃。」沈洛年自己打了自己一巴掌，胡謅說：「小睿啊、奇雅啊、瑪蓮啊……」

「別胡扯了！」葉瑋珊忍不住打斷沈洛年的話。

她現在大概漲紅臉了吧？沈洛年停了片刻，嘆口氣，換個話題說：「其實我很想去找你們的，我現在身邊有個大麻煩，我都不知該怎麼辦才好，扔給妳剛剛好。」

狄純正靠著沈洛年，聽到此言，忍不住委屈地白了他一眼。

「大麻煩？扔給我？」台灣那端的葉瑋珊，聽得一頭霧水。

「反正遠在天邊沒法扔，不說了。」沈洛年說：「妳說藍姊、黃大哥要來？帶的引仙者多不多？」

「對，還有李翰李大哥也一起過去。」葉瑋珊說：「因為我們以為那邊安全，這次去的引仙者只有百多個，比上次還少。」

「那沒用，打不過總門那幾千人，人家還有槍砲彈藥呢。」沈洛年失望地說：「他們什麼時候到？」

「差不多十月底吧。」葉瑋珊說：「順利的話會更快一點。」

「十月底？」這段時間一直只注意月亮狀態的沈洛年，抓抓頭說：「我只知道今天似乎是陰曆九月初三，妳的十月底還有幾天？」

「你怎會去注意陰曆的？」葉瑋珊好笑地說：「今天十月八號，他們是九月底離開台灣，順利的話，一個月內會到噩盡島……我本想託你給他們輕疾，但如果有危險的話，還是以你自己的安全優先。」

「我知道了。」沈洛年說：「到時候我要是方便摸過去，就送輕疾過去，萬一總門那些人還不死心、風聲太緊，我就躲久一點。」

「嗯。」葉瑋珊說：「萬一……萬一你眞想來找我們，懷眞姊不在，你一個人有辦法來嗎？」

沈洛年怔了怔，望了狄純一眼說：「沒辦法，我不認得路……而且現在帶了一個三十公斤重的麻煩，也飛不動，我又不會駕船。」

狄純正扯著沈洛年衣服抗議時，葉瑋珊詫異地說：「麻煩？」

「一個小孩啦。」沈洛年說：「總門那群渾蛋虐待小孩，被我發現救了出來，現在跟在身邊當拖油瓶，要是遇到你們就扔給妳照顧。」

葉瑋珊雖然不明白一個小孩怎會造成沈洛年和總門決裂，總門又幹嘛虐待孩童，但此時不便細問，她只說：「有什麼我幫得上忙的地方嗎？」

「妳在旁邊的話才幫得上，現在幫不上。」沈洛年說：「你們若放棄到處找人的崇高使命，早點來噩盡島幫我帶小孩，那就謝天謝地。」

葉瑋珊遲疑地說：「可是……他們不知道我和你可以聯繫……我該怎麼說？」

沈洛年倒沒想到這一點，嘆口氣說：「那就算了，我自己想辦法，該不會有大問題啦。」

「這樣嗎……」葉瑋珊頓了頓說：「洛年，你不會缺妖炁嗎？」

「缺妖炁？」沈洛年詫異地說：「爲什麼會缺？」

「用輕疾說話耗費的雖然不大，但時間一長也不少……凱布利的妖炁不是很少嗎？怎麼會夠？」葉瑋珊迷惑地說。

「唔……」沈洛年從沒想過此事，那影蠱妖炁每當不足，自己很自然就讓牠吸收一點道息轉換，雖然總量不大，卻是無虞匱乏，更別提現在似乎變免費了……這可不便解釋，沈洛年只好說：「那傢伙妖炁雖少，但會一直自動補充，我也搞不清楚。」

「這……也很不錯啊。」葉瑋珊頓了頓才說：「我可不能這樣……所以如果沒什麼事情的話，還是不大適合用這個聊天……」

「嗯。」沈洛年會過意，葉瑋珊這樣說下去頗浪費炁息，於是說：「沒關係，有空再聊吧。」

「嗯，隨時都可以找我喔。」葉瑋珊說。

「瑋珊。」沈洛年突然喊了一句。

「怎麼呢？」葉瑋珊問。

沈洛年頓了頓才說：「我雖然幫不上忙……但萬一遇到危險，還是盡快告訴我。」

葉瑋珊停了幾秒才輕聲說：「我會的。」兩人這才結束了通訊。

狄純見沈洛年似乎說完了，忙說：「電話在哪邊？」

「耳朵裡面。」沈洛年說：「不是電話，是一種妖怪。」

狄純一驚睜大眼說：「你耳朵裡面有妖怪？」一面忍不住把身體退開了些。

這丫頭什麼都大驚小怪，沈洛年皺眉說：「其實是一種精體……和妖怪不大一樣。」

「每個人都可以用嗎？」狄純問。

「有炁息的才行……還不能太少。」沈洛年說。

「那……所以你有很多炁息？」狄純問。

「呃……」沈洛年抓頭說：「我是特例，我沒炁息的。」

「又是特例？為什麼會這樣？」狄純又不懂了。

「別問了！妳這丫頭比小睿還煩。」沈洛年瞪眼說。

狄純一驚，紅著眼睛癟嘴說：「我……不問就是了。」

要哭了？沈洛年搖頭說：「妳可比小睿脆弱多了，我這樣罵她兩句根本沒用，閃開兩分鐘轉頭又黏過來問，要大罵特罵才能把她罵哭。」

狄純明明委屈得想哭，但聽了又忍不住想笑，她咬唇說：「你這人……幹嘛這麼想把人罵哭？」

「我只是習慣性地吼兩句而已……」沈洛年抓頭說：「算了，妳太愛哭，以後不罵妳就是了。」

「請……請問，小睿是誰？」狄純頓了頓又說：「還有奇雅、瑪蓮……都是女孩子嗎？」

才唸了一遍都記住了？沈洛年詫異地說：「妳記性真好。」

「還有……會吃醋的懷眞，就是你喜歡的女人嗎？」狄純又小聲說：「和你通話的又是誰？也是女的？」

這丫頭又開始沒完沒了了，沈洛年忍不住又瞪了過去，看狄純馬上縮起脖子、皺起小臉準備挨罵，沈洛年又覺得好笑，他搖頭說：「都是我朋友……有機會介紹給妳認識，不過恐怕沒這麼快，他們打算世界各地亂跑，不知道還要多久才會回來這島上。」

「眞的嗎？」狄純微笑說：「不急啊，我們也可以四處玩玩。」

「嗯……」沈洛年突然面色一整，半閉著眼睛說：「等等，別說話。」

狄純一驚，不敢開口，四面張望，只見周圍密林一片寂然，什麼都沒有。她望向沈洛年，不明白怎麼回事。

「似乎是鑿齒。」沈洛年低下頭說：「別怕，雖然不少，但還隔了好幾公里。」

「這麼遠你也知道啊？」狄純訝然說。

「嗯。」沈洛年轉身蹲下說：「以防萬一，先帶妳換位置。」

「麻……麻煩你了。」雖說一回生二回熟，但狄純仍不免微感羞澀，她輕扶著沈洛年肩膀，輕聲說：「揹著我，很重嗎？會不會不方便？」

沈洛年拿起氈毯包裹住狄純，連那包「代替品」也不忘塞了進去，他一面在胸前打結一面說：「影響可大了！本來我不怕鑿齒，但揹著妳就未必打得過了。」

狄純低聲說：「那……我以後少吃一點。」

「別胡鬧。」沈洛年扭頭說：「就算妳輕到剩一半也一樣，妳以後吃多點！」

「可是……」狄純還有點遲疑。

「就算我抱著個嬰兒也一樣啦，這也是我的問題，不是妳的問題。」沈洛年皺眉說：「欸！妳乖乖聽話不好嗎？幹嘛一直問啊？我這人天生祕密多又懶得囉唆，妳卻天生愛問問題，這樣很合不來耶，我把妳扔給鑿齒養好了。」

「好嘛……我……我不問了。」狄純委屈地說。

「很好！」沈洛年突然想起輕疾的囑咐，頓了頓又說：「還有，妳靠著我右邊說話，別靠左邊耳朵，萬一我突然很小聲的自言自語，不要理我。」

「咦？」狄純聽話地轉向右側，一面說：「爲什……呃、沒有，我不問了。」

「這樣才是乖孩子。」沈洛年稱讚說。

「我才不是孩子。」狄純低聲說。

「怎麼不是？」沈洛年一面往外奔，一面笑說：「明明是個小孩子。」

狄純負氣地說：「我……我可是九十八歲了！」

「呃……」沈洛年呆了呆說：「好吧，算妳贏。」

狄純一聽，忍不住得意地輕笑，那輕柔悅耳的笑聲，在邁開大步的沈洛年耳畔輕響，兩人彷彿一體，向著密林中穿去。

□

「媽的！怎會這樣？」

夜色深濃中，沈洛年揹著狄純，瞎撞般地奔入一座山谷，眼看數百名鑿齒堵住谷口，周圍山峰上似乎也有百多名鑿齒布置，不只是四面無路，連飛天逃命都辦不到，他不禁罵了出來。

這一日，沈洛年先是被數十名鑿齒尾隨，跟著越來越多，數百、數千名鑿齒從四面八方不斷包圍過來，沈洛年雖然可以感應到對方的方位，但十分詭異的是，鑿齒似乎也能感應到沈洛年的位置，總有好幾群人四面八方、攔前截後地對著沈洛年方位追。

揹著狄純的沈洛年，跑的速度並不比鑿齒快上多少，幾次休息就被對方從後面追上，但沈洛年又不能往東逃，這麼不斷往西南奔了一整天，晚上終於被堵到一處三面都是峭壁的山谷密林中。

他們怎會知道自己的位置？沈洛年感應到最接近的幾百名鑿齒正向著谷內走，而且雖然還隔得老遠，卻非常明確地針對自己的方向，若不是這世間已經不能使用電器，沈洛年當眞會懷疑自己是不是被裝了什麼衛星發報系統，否則怎會怎麼甩都甩不脫？就算那邊也有人被鳳凰換靈，自己和狄純也沒炁息可以感應啊。

「沒……沒路走了嗎？」狄純見沈洛年神色凝重，低聲問。

「嗯，上下都被圍住了。」沈洛年說：「說不定上星期我救幾個鑿齒的時候，不小心被下了什麼古怪妖術，所以才能一直追著我，前陣子有牛頭人當保鑣才沒事，現在就追來了……」

「救鑿齒？牛頭保鏢？」狄純沒想到沈洛年在妖怪中竟是交遊廣闊，詫異地問：「難道是追來感謝你？」

「他們都昏了，不知道是我救的。」沈洛年搖頭說：「鑿齒凶得很，這麼多人追來，不會是好意。」

「眞不行……你……就放下我吧。」狄純低聲說：「你自己一個人一定逃得出去。」

「還沒到那種程度。」沈洛年說：「追著我們的大隊還沒合圍，這兒只有幾百人……這樣吧，小純，我先找個地方把妳藏好，我去把這些傢伙宰光，然後繼續逃。」

狄純一驚說：「一定……要殺了他們嗎？」

「不殺他們就會被殺，而且要快殺。」沈洛年往山谷內奔，一面說：「只要沒揹著妳，應付這些人問題不大。」

狄純停了幾秒之後說：「萬一你打不過，自己逃，別……別回來找我，我能結束掉白澤血脈，已經很高興了……」

「妳這小聖人眞囉唆！」沈洛年不耐煩地說：「逃跑還要妳教嗎？」

狄純緊了緊手臂，摟緊沈洛年脖子，不說話了。

沈洛年往山谷內奔，找了一個茂密的樹林區，把狄純放入一片灌木叢中，用氈毯將她裹好，外面還堆上了些藤草，這才說：「別怕。」

狄純明明身子發抖、牙齒打顫，卻咬著牙說：「我不……不怕。」

「乖，我很快回來。」沈洛年摸摸狄純的頭，拔出金犀匕，轉身往外奔。

對付鑿齒還用不到姜普旗，而且這兒並非原野、此時又是黑夜，也不適合使用，用了自己反而會先撞樹……而戰場最好別在狄純附近，這丫頭心軟又膽小，看著自己殺鑿齒說不定日後天天作惡夢，那可麻煩。

沈洛年感應著鑿齒們分成了十幾支不同的隊伍，前後分列而進，似乎也怕自己趁隙溜了出去，不過這也無所謂，打起來之後，應該就會集中過來了吧？

眼看中央這一群數十人正對著自己的方位快速奔來，隱身在樹後的沈洛年拿起金犀匕，準備對方到一定距離之後就往前撲，但隨著對方越來越近，沈洛年心中漸起疑惑，說也奇怪，如果對方眞能感應到自己的位置，應該每一隊都朝自己奔來才是，怎麼只有正面這一隊？或者他們的感應能力不夠精準？

還沒想清楚的時候，對方已經接近，沈洛年不再多想，往外直撲，拿著匕首迎向鑿齒。

果然這些鑿齒不是來感恩的，一看到沈洛年，短矛馬上戳了過來，沈洛年這半年來雖然沒怎麼努力練功，但因爲妖化程度提升，體力與反應能力已頗有不同，此時只要身體輕化配合上一點時間能力，砍鑿齒就像是砍菜切瓜一樣，不會難到哪兒去，要不是之前揹著狄純，沈洛年一開始根本就不用躲那群鑿齒。只見他一扭身衝入鑿齒堆，彷彿流水飄轉般東彈西繞的，一下子砍倒了七、八人。

鑿齒怪叫聲中，附近十幾支短矛匯集戳來，沈洛年無縫可穿，旋身外閃，正要趁機繞到外側攻擊，突然一股遠超過普通鑿齒的強大力量，正從身後快速襲來。

有刑天嗎？沒看到啊！沈洛年吃了一驚，瞬間提高時間能力的效果，連續幾個點地急閃，避開那股力量的追擊。

他回頭一看，這才發現那股力量竟來自一個普通模樣的鑿齒，他一面呼喝著眾人散開，一面拿著矛、盾急追沈洛年。

沈洛年驚愕之下，突然想起輕疾說過的話——「各種族中都有自己的英雄人物」，媽的，看來自己低估了鑿齒。

還摸不清楚對方能力的時候，可不能太過接近，沈洛年這時的戰鬥方式萬一被人纏上或碰撞到，很容易失去平衡翻飛，得先看清楚對方的強度才行，當下沈洛年彷彿一陣輕煙般地在這敵人周圍旋繞，不與他隨便接近。至於其他鑿齒若敢接近攔阻，沈洛年抽空就是一刀，殺得輕而易舉。

這麼又殺了七、八人，沈洛年不禁有點惋惜，若可以使用闇靈之力吸上一吸多好？可惜闇靈之力和鳳凰能力相斥，用了這個就不能用那個。

不到數秒鐘的時間，其他搜近的鑿齒部隊跟著圍了過來，那種強度的敵人多冒出了兩名，沈洛年也漸漸摸清對方的能力，這些或者可以稱為鑿齒將領、隊長的傢伙，雖然能力遠超過普通鑿齒，但比起一般刑天還略遜數籌，無論是妖炁、力量或速度都頗有不如，一般刑天要是武器揮動起來，想欺近還有點吃力，這種鑿齒倒不是沒有機會……

既然打得過……先殺了領頭的，說不定敵人會撤退？沈洛年當下一扭身，對著那三名鑿齒衝了過去。

但這一衝入戰團，沈洛年就有點後悔了，對方似乎配合得十分有默契，三支短矛、三片盾牌，彼此護持的同時，團團圍住沈洛年。

雖然閃避不難，但想衝出去卻有點不容易，沈洛年心念一轉，飛空沖起，準備從上方逃出這包圍。

鑿齒雖然不擅飛行，但稍微御炁在空中轉折卻辦得到，當下三人一起飄了起來，不過空中畢竟不比平面，沈洛年雖然速度不如地面快，但上下左右這麼一陣亂閃，對方連人影都看不清楚，就讓沈洛年穿出了戰團，還趁機砍了其中一人屁股一刀，可惜入肉不深，沒有太大影響。

沈洛年正一面觀察著追擊的敵人，一面往外感應周圍妖炁的分布，心中暗暗狐疑，衝入谷中本有三百個左右的鑿齒，怎麼只有百多名衝來找自己？其他人幹嘛一直往內跑？

沈洛年迷惑間，仔細一觀察，卻吃了一驚，這些暴牙傢伙去的地方，不正是狄純那兒嗎？媽啦，快過去救人！沈洛年一驚落地，往外就奔，但周圍百多名鑿齒立即擁上來，沈洛年閃身間快速砍殺了十幾人，一路往外竄，但很快那三名鑿齒將領又衝了過來、攔在前方。

對付這些人可不能掉以輕心，沈洛年幾個閃避，速度又慢了下來。

這樣不是辦法，跑不過去……那飛過去嗎？這也不行，空戰自己雖閃避如意，但實際速度卻不算快，就算沒人阻礙，也未必比地面上的鑿齒快……何況對方一定一路飛起來追擊……

那丫頭救出來還不到一天呢，就這樣讓她死了嗎？感應著其他鑿齒離狄純的位置越來越近，沈洛年一咬牙，突然停止那變化多端的閃飄動作，直線對著最近一名鑿齒將領撞了過去。

那將領對沈洛年老是輕飄飄地到處亂閃早已大不耐煩，眼看對方主動衝來，他短矛一指，妖炁匯聚於上，怪叫聲中對著沈洛年直刺。

但這次沈洛年卻不閃了，他右臂硬梆梆地一揮，金犀匕硬生生格斷了短矛，沈洛年左手筆直外伸，恰好一把抓住對方的脖子，這一瞬間，一股黑氣倏然往內透入。

此時擠在周圍的四、五名鑿齒小兵，紛紛揮動手中盾矛朝沈洛年攻擊，但他們的武器敲到沈洛年身上，卻彷彿敲到硬梆梆的金石之上，沈洛年毫無所覺，只不過眨眼的時間，那鑿齒將領表情一僵，翻身後倒，身上突然冒出一大片白霧。

周圍鑿齒大吃一驚，退開了兩步，詫異地看著沈洛年，只見他彷彿換了一個人，不過幾秒的工夫，全身皮膚先是血色盡褪，進而蒼白泛青，還冒出隱隱的黑氣，已完全不似人類。而剛剛鑿齒身體冒出的白霧，被這黑氣一逼，很快往外滾散，一轉眼就消失不見。

沈洛年這時已經把金犀匕收入腰間，就這麼空著雙手，全身僵直地往森林中急飄，周圍鑿齒一愣，紛紛往前擁上攻擊；此時沈洛年的戰鬥方式卻與過去大不相同，他毫不閃避，那泛著黑氣的僵直雙臂，帶著一股沉鬱厚重的龐大力量硬打硬砸，一般鑿齒根本無法抗衡，無論是矛、是盾，只一碰就被撞飛老遠，就算刺到他身上，不但無法透入，他也恍若未覺，更有不少鑿齒被他那冒著黑氣的手一把抓住，當成人肉武器般隨意揮舞、亂打亂砸，片刻後才在冒出白霧的同時被摔飛，一時也不知道死活。

只見沈洛年速度越來越快，他連摔飛十多人、撞開四十多人，就這麼一直線地硬生生衝出戰團，旋即閃電般地飄入密林之中，後面的鑿齒根本趕不上。

另一面，奔入密林中的鑿齒群已衝到狄純不遠處，那些掩蔽物似乎一點效果都沒有，對方正四面八方圍了起來，對準了狄純隱身處緩緩接近。

狄純看周圍擠滿了數百名恐怖臉孔、高大身材的妖怪，就算沈洛年殺回來大概也打不過，她雖怕得全身發抖，卻緊緊咬著下唇閉目祈禱，不敢叫出聲音；自己已從無止盡的苦痛中解脫，就算在這兒死了，至少也終結了白澤血脈，可不能因爲驚呼而把沈洛年引回，那可連他也害死了。

狄純正等死的時候，突然聽到外面砰通嘩啦一陣亂響，緊跟著就是鑿齒的怪叫聲，狄純睜開眼睛，卻見身旁鑿齒狂呼亂叫，不斷往這兒撲，但卻又紛紛往外亂飛，她抬頭一看，卻見一道黑影正快速地在她頭上飛旋，手中還抓著兩個鑿齒到處揮打。

她仔細一看，卻不禁身子一顫，頭上那是沈洛年嗎？他全身透著黑氣，臉色慘白，身軀僵直，在這夜色之中，彷彿鬼怪殭屍。狄純驚呼了一聲，低頭不敢再看。

沈洛年用鑿齒當兵器，卻是不得已，若不如此，耗用的闇靈之力補不回來，而被當作兵器的鑿齒，雖不斷和自己人的盾矛相撞，但一時反正沒這麼容易死掉，反而可以以闇靈之力吸成骨靈，取得力量補充後，再抓兩隻新鮮的當兵刃。

就這麼打了一陣子，也不知道打翻了多少人、躺下了多少骨靈乾屍，突然外圍一陣呼嘯，輕疾不等交代，當下輕聲翻譯：「撤開！守住周圍！」

若讓他們把時間耗下去，等後援幾千人到了後就麻煩了，自己只顧著吸收闇靈之力，這樣殺敵的速度太慢……沈洛年心念一轉，眼看鑿齒紛紛往後退開，他也不等對方走遠，當下往前直撲，將手中已化骨靈的鑿齒扔開，在無數盾矛穿刺間，就這麼撞入人堆，左手又抓了一隻鑿齒，右掌卻僵直地戳入另一個鑿齒的胸腔，直接把對方心臟挖了出來，跟著他把心臟一扔，左手拉著鑿齒身體掃開半圈，右掌一揮，又打破了另外一人的腦袋。

此時只以單手吸收闇靈之力，另一手則專心殺人，雖然這樣闇靈之力耗用的速度似乎大了些，沒法累積更多，總比陷在這兒被圍殺的好。

沈洛年一改變戰術，鑿齒死傷慘重，一轉眼沈洛年身旁躺下了一大片，有被挖穿了胸腔，有被扭斷了頸子，有顱腔擊碎顏面變形，有攔腰折斷肚破腸流，被左手人形武器擊飛的還算好運，被那滿是黑氣的右掌抓上，不死也殘。

「都退開！」一個鑿齒將領大聲喊著，對著沈洛年揮矛直衝，沈洛年左臂一揮，手中鑿齒雙腿重重掃向對方，那鑿齒運足妖炁以盾格擋，轟地一下退了半步，但總算頂住了這一擊。不過沈洛年手中的那名鑿齒，在這兩股力道撞擊下，小腿以下炸散成血沫肉塊，當場少了半截。

比剛剛那幾個將領還強？沈洛年有三分意外，染滿鮮血的右手一轉，帶著黑氣探了過去。

這鑿齒將領一面悍勇地拿矛穿刺，一面拿盾抵禦，沈洛年左手一扔，放開了那已經化爲乾屍的鑿齒，和對方交手了幾招，發現眼前運用的闇靈之力，還不足以快速解決這傢伙。

這樣還得打多久？沈洛年怒意湧起，猛然再提起五分闇靈之力，只見他全身黑氣瀰漫，幾乎已經看不清顏面，剎那間動作又快三分，下一瞬間，他左手一把抓住短矛，右手轟地拍上木盾。

鑿齒妖炁抵擋不住這股以數百人生命力、精智力換來的闇靈之力，瞬間矛折、盾碎，隨著黑氣往前迫出，對方兩手皮膚倏然乾裂脫皮，手掌收縮變形，周圍地面也跟著乾燥龜裂，四面草木枯折，空氣中沒有一滴水分。

沈洛年正想趁勝追擊，卻見那鑿齒大吃一驚，往後飛射，一面恐懼地怪叫：「旱魃！是旱魃！」

周圍鑿齒一呆，也不知道誰先驚呼一聲，紛紛轉身往外逃。一轉眼間，周圍鑿齒撤退一空，只留下幾個沒死透的，躺在地上掙扎。

沈洛年倒有點意外，旱魃有這麼可怕嗎？他飄身到狄純身旁說：「妳還好吧？」

狄純臉上都是淚水，臉色蒼白、悼恐地看著沈洛年，她身子一面後縮一面顫聲說：

「你……你……別過來……」

沈洛年一呆，退了半步，輕疾開口說：「你闇靈之力未收，現在表情很難看。」

沈洛年明白了，自己運使闇靈之力，血脈凝止，臉色就和死人一樣白中發紫，還帶著黑氣，加上身上染滿了鮮血，自然會把狄純嚇壞……

沈洛年也不多解釋，他收回闇靈之力返回心室，讓被壓縮凝結到喉間的道息慢慢泛出，他低頭看看周圍，把沒死透的鑿齒一個個化爲骨靈，剛剛最後那幾下，耗用了不少闇靈之力，能收就收一些，反正這些鑿齒看樣子活不了，別浪費了。

一面動作，沈洛年一面說：「剛剛鑿齒最後那句話，確實是喊旱魃？有這麼可怕嗎？一下子退光了，而且我也不是旱魃。」

「除了強弱之外，旱魃和屍靈之王的外觀和能力並沒有什麼差異。」輕疾說：「鑿齒來再多人也打不過旱魃，當然會退。」

「爲什麼？」沈洛年說：「只要多派高手圍我，我耗用的闇靈之力遠多於吸收到的，打久了也會沒力。」

「那是因爲你沒讓骨靈協助你戰鬥。」輕疾說。

「這倒忘了。」沈洛年拍了拍腦袋說。

「還有。」輕疾又說：「你也沒有在戰鬥過程中製造殭屍，以鑿齒這種強度的種族，很難阻止你這麼做，再打下去，你的手下會越打越多，對鑿齒這種靈妖族來說，面對旱魃時最好是盡快逃命，否則很可能全滅……除非強大的刑天有過來助戰，才有機會滅了初成氣候的旱魃。」

「刑天沒過來？」沈洛年問。

「此爲非法問題。」輕疾說。

沈洛年聽久也習慣了，反正罵也沒用，還不如省省力氣，他沉吟說：「也許因爲只追兩個人，以爲不需要吧？不過周圍的雖然散了，但他們似乎還沒放棄，一樣遠遠盯著我，下次刑天可能就會來了……媽的，眞不懂爲什麼一直甩不掉。」

「鑿齒嗅覺雖不如牛頭人，」輕疾說：「但對血腥味特別敏感。」

「我身上血是挺多的，找個地方洗洗好了……」沈洛年轉念一想又說：「不對，剛開始被追時，我身上沒血啊。」

輕疾說：「是那女孩身上散出的。」

沈洛年一怔，這才想通，張嘴罵：「媽的！難怪剛剛一大群對著她衝……這幾天又去不掉那味道，怎辦？」

「直線逃跑的話，應該不會這麼快被追上。」輕疾說。

也是，之前以爲自己能很簡單地避過，所以只和鑿齒捉迷藏，沒想到繞了一天卻被團團圍住，既然知道對方能聞到，那只好全速往外逃了……沈洛年回頭看了狄純那方向一眼，皺眉說：「那丫頭怕得要命，有沒有什麼催眠術，可以讓她忘了剛剛的事情？」

「那種技能，不是三兩年就可以學會、學好的。」輕疾說：「你現在黑氣散去，體內原息不斷催動血氣，臉色已經慢慢恢復正常了，也許好些。」

可以過去了嗎？會不會又把她嚇哭？沈洛年正不知該如何是好，卻聽狄純輕聲喊：「洛……洛年？」

沈洛年轉過頭，見狄純那細瘦的手臂正抓著樹，吃力地想站起，一面有些膽怯地看著自己，不過那股恐懼的神態倒是消失了。

沈洛年鬆了一口氣，往回走，一面說：「妳這丫頭剛剛居然趕我走！」

「對……對不起。」狄純委屈地低聲說：「你剛剛……好可怕，我突然嚇到，還以爲不是你……那是怎麼回事？」

「快上來，我們還得逃。」沈洛年不回答問題，轉身蹲下說：「敵人只是暫時退走。」

「還會來？」狄純一面攀上沈洛年背後，一面擔心地說：「剛剛他們怎會退走？」

「因爲我太醜，把他們嚇跑了。」沈洛年綁著氈毯說：「他們就像妳一樣膽小。」

狄純臉一紅，爬上沈洛年背後不敢吭聲。

沈洛年跑出山谷，感應了一下周圍的狀況，鑿齒就和總門變體者想法一樣，都認爲自己會往東方逃去，所以重兵都布署在東面……自己當然不能往那跑，而因爲狄純的生理問題，這幾日又甩不掉鑿齒，能往哪兒躲？

沈洛年想了片刻，心念一動，一路往西南奔去。

ISLAND
去澳洲幹嘛？

這麼又奔出了數公里，既然是一直線地奔跑，鑿齒一時也追不上，也說不定他們不敢太接近「旱魃」？總之雖然仍遠遠盯著兩人，卻並沒有拉近距離。

過了一段時間之後，狄純畢竟身體孱弱，就這麼趴在沈洛年背上睡去，沈洛年聽得她輕柔緩細的呼吸聲，想了片刻之後，輕聲說：「輕疾，我既然被當成旱魃，是不是表示快被全世界妖怪追殺了？如果是這樣，我得先安置這小丫頭。」

輕疾說：「這倒未必，鑿齒欺善怕惡，在妖界並不怎麼受歡迎，說了也沒人信……而且你有個優勢。」

「什麼優勢？」沈洛年問。

「無論是屍靈之王、旱魃或是殭屍，都只存靈魄和一絲生機，大部分軀體都已僵死，只靠闇靈之力移動，外觀很容易分辨出來。」輕疾說：「但你收斂闇靈之力後卻完全不像死體，除非親眼看見你運用闇靈之力，該很難相信你與屍靈有關。」

「意思就是還可以放心一段時間了？」沈洛年慶幸地說：「我還以爲會糟糕。」

「但若在其他妖族面前使用，那狀況又不同。」輕疾說。

「這次是意外困住才用的，誰教這丫頭剛好……」沈洛年頓了頓說：「不過鑿齒也太過分，我們不過兩個人來逛街，居然派這麼多人來追！」

輕疾停了停才說：「你獲得資訊已經足夠，可以嘗試推測原因。」

「唔……」沈洛年想了想才說：「因爲那些總門的人殺了很多鑿齒嗎？他們正想找凶手？」

輕疾並沒有正面回答，只說：「會無端濫殺其他種族的生物，除了鑿齒和人類以外，並不多，鑿齒本來並不想這麼早就開始戰鬥的。」

看來又是被總門害的，本來鑿齒似乎正休養生息，卻一直有部族被人獵殺，自然得找凶手，而總門那兒外型掩蔽，一時難以搜尋……沈洛年突然一怔說：「總門那兒沒有傳出血腥味嗎？」

輕疾說：「大部分血液，人類以水清洗後，從挖掘的地下河道沖出，氣味大幅散開，反而不易找尋。」

反正自己和狄純是替死鬼就對了，沈洛年不再說話，悶聲往前衝。

沈洛年並不是盲目亂衝，他順著過去的方位，一路跑出森林，到了大草原，沈洛年微微一愣說：「牛頭人呢？」

「你要找牛頭人？」輕疾說。

「是啊。」沈洛年說：「躲個幾天，等小純那氣味過去了再說。」

近距離的種族分布輕疾可以告知，他隨即說：「他們往南遷了。」

「喔，很遠嗎？」沈洛年一轉向，往南方繼續跑：「這方向嗎？」

「嗯，才剛開始遷移，還不遠。」輕疾說。

沈洛年又跑出了數十公里，才感應到熟悉的牛頭人妖炁，而也不知是不是因爲奔出太遠，身後的鑿齒似乎已經放棄，正逐漸拉遠距離。

沈洛年順著妖炁感應不斷往前奔，又過了片刻，終於看到了那一群正縮著身子睡覺的群聚妖族——牛頭人。

牛頭人和過去一樣，成年人停在外圍，一方面保護族中幼童，一方面警戒著周圍，沈洛年腳步雖輕，卻不免有排草摩擦聲，加上現在不只狄純身上有氣味，沈洛年更是滿身血污，不少牛頭人都醒了過來，帶著敵意往這兒看，其中十幾個牛頭人，還站了起來。

「他們可能認不出我。」沈洛年掏出姜普旗說：「用這可以吧？」

「緩緩展開即可，不要甩動。」輕疾說：「甩動會起雲霧。」

「知道了。」沈洛年跑到距離牛頭人還有數十公尺遠的地方停下，眼看已經有十幾個牛頭人帶著疑惑的神色接近，沈洛年舉起姜普旗，緩緩攤開說：「還認得我嗎？」

「神巫！」「人類神巫！」牛頭人一愣，驚呼聲中，敵意盡散，紛紛叫了起來，一群人馬上圍了過來，簇擁著沈洛年往聚居處走，一面對著沈洛年說個不停，但沈洛年可是半個都不認識，只好皺眉隨口應付。

隨著這消息傳出，許多本來還在睡覺的牛頭人也醒了過來，紛紛往這兒擠，還有不少帶著小尖角的牛頭娃兒擠到人堆裡面，以好奇的眼光偷瞧沈洛年。

狄純睡得正香，突然聽到周圍喧鬧起來，她迷迷糊糊地睜眼，卻見周圍滿是巨大的牛頭，一個個銅鈴大眼正瞪著自己，不禁大吃一驚，驚呼了一聲，緊緊摟著沈洛年脖子發抖。

「醒了？別怕。」沈洛年說：「這些是我的朋友。」

狄純聽到沈洛年的聲音，又確定了自己還在他的背上，這才稍微鬆了一口氣，但心臟仍不爭氣地狂跳個不停，只縮著身子往外偷瞄。

「神巫。」一個牛頭人擠入人堆，一面讓眾人稍散開，一面捏著尖角行禮說：「可好？」

沈洛年看著那牛頭人脖子上的金色短毛，喜說：「你是……黑族族長？不好意思，我又來了。」

「神巫記得我？很好！」黑族族長高興地說：「神巫衣服，新的血很多，治病？哪兒？」

「不是治病，我被鑿齒追殺。」沈洛年搖頭說：「可以來你們這兒躲幾天嗎？」

黑族族長臉色一變說：「鑿齒？我們幫忙！戰鬥！」

「不用了。」沈洛年搖頭說：「我來玩幾天就好……如果他們不追來，就別管了。」

黑族族長想了想，點頭說：「牛首族遷移，神巫一起？」

反正現在也不能回東方高原，自己到處亂跑，還不如和牛頭人過一陣子，一面幫狄純復健，等月底若是風聲不緊，再偷偷去找黃齊和白玄藍……這麼一想，沈洛年點頭說：「也好啊。」

「太好了！」黑族族長高興地揮舞著雙手。

「神巫！神巫！」又有一個牛頭人擠到人群裡面，一臉興奮地看著沈洛年。

幹嘛？沈洛年看著牛頭人片刻，越看越是熟悉，突然一怔說：「農摩？」

果然是數日前一直協助著沈洛年的農摩，他似乎沒想到沈洛年能認出他來，驚喜地說：「農摩，我，農摩！」

其實兩方也才幾天沒見，沒什麼好敘舊的，尤其農摩一直幫到最後一天，到今日也不過相隔兩、三日而已，主要是許多牛頭人小孩都只聽過神巫，卻沒見過沈洛年，此時又非戰場，自然都擠了過來。

雖然說是小孩，但一個個也都比狄純還高大，和沈洛年差不多，可是那毛茸茸的圓圓頭顱上有著袖珍可愛的小彎角，大大的眼睛中透出天眞的眼神，仍能看出年歲尚輕，十分可愛。狄

純看周圍漸漸變成這種可愛造型的妖怪，總算也安心了些。

之後沈洛年和黑族族長、農摩等人又稍微聊了片刻，才知道牛首族皇族皇子姜普，在慶典時傳下號令，要所有牛頭往南方遷移，他們黑族返回牧地之後，今日下午才剛啓程，所以只離開了一小段距離，若沈洛年再晚幾日來，可能就找不到了。

至於農摩，因爲那七日一直隨著沈洛年治療病人，對於製作藥物、包紮止血倒也挺有心得，據說他挺想往神巫這個方向發展。前陣子牛頭人與雲陽大戰後，黑族許多傷者還沒完全痊癒，有問題都找他處理，但他畢竟是助手，很多問題也不知該怎麼解決，沒想到兩日後沈洛年再度出現，可讓他大感興奮，不斷詢問當初沒搞清楚的草藥療效。

沈洛年其實更不清楚，還好輕疾在耳中幫忙作弊，倒也順利應付了這莫名其妙冒出來的徒弟，另外一些傷勢反覆的牛頭人，也忍不住前來求診，倒是讓沈洛年好好忙了一陣子。

次日清晨，牛頭人繼續往西南方奔馳，他們照著上次的規矩，一樣把沈洛年揹在背上，至於狄純，沈洛年本想也讓牛頭人揹負，但這主意可把狄純嚇壞了，眼看她快哭了出來，沈洛年想想她也未必有力氣抓穩牛頭人，只好繼續揹著她，兩人一起坐在牛頭人背上，反正對雄壯的牛頭人來說，多這三十公斤也不過小意思而已。

牛頭人本就善奔，連小朋友奔馳速度都十分快，整日奔馳下，一天衝出了近千公里，各處的牛頭人不斷地匯聚，本來數千人的部落，到了晚上休息時已經匯集了數萬人。

沈洛年昨日和鑿齒追逐、廝殺了一天，晚上又幫牛頭人「複診」，今天則在牛背上晃了一整日，早已經腰痠背痛等著想睡覺，而且這一跑，想來鑿齒不可能一路追來，自然可以安心休息。

不料牛族這一大集合，雖然還沒碰上皇子姜普，卻遇上不少過去的病人來拜訪，沈洛年無可奈何下，只好繼續「複診」，可嘆這次沒有半個瀕死的病患，可說完全白幹。

沈洛年不能睡覺，狄純可也不大敢闔眼，一直跟在一旁觀看。當然這兩日過去，她對沈洛年能聽懂牛語以及身爲「牛醫生」這些事情可是大爲驚嘆，不過沈洛年依慣例懶得解釋，她也不敢多問；而她除了沒有力氣之外，某些細工還比沈洛年更靈巧，也在一旁幫了不少的忙。

於是到了第三日牛群奔馳的時候，沈洛年和綁在身後的狄純，隨著太陽越烈，兩人都累得睜不開眼，沈洛年毫不客氣地趴在牛背上昏睡，狄純也顧不得害臊，就這麼趴在沈洛年背上跟著睡。

睡著睡著，沈洛年突然聽到狄純驚呼自己的聲音，他微微一驚，但隨即發現自己還是趴在牛背上，那小女孩狄純也一樣在自己身後，當下也不睜眼，只懶洋洋地說：「什麼啦？又大驚小怪了。」

「不……不是……」狄純搖著沈洛年的脖子說：「快起來看，睜開眼睛。」

沈洛年正不想理她，突然覺得周圍似乎真有什麼古怪又熟悉的聲音，他微微瞇著眼睛往外看，突然一驚坐起說：「這是怎麼回事？」

「所以我叫你起床啊。」狄純慌張地說：「這是……這是海嗎？」

沈洛年說不出話來，四面張望，東南西北都是一望無際的海洋，而周圍近十萬隻大小牛頭人，一隻跟著一隻，一大群在海面上壯觀地排開，同時往南方泅泳，速度竟似乎不比在陸地上慢多少。

「這……」沈洛年傻了片刻，俯下身說：「牛頭大哥，這是要去哪兒？」

那牛頭人是黑族中一名十分強壯的勇士，今日出發前，他和其他幾個應徵者牴角互鬥了好片刻，才爭取到揹負神巫的光榮任務，這時聽到沈洛年發問，他一面往前游一面愣愣地說：「不知道，族長、皇子說，往西南。」

西南……噩盡島不是在大海中央嗎？那得游多遠？沈洛年看著前方，不禁有點傻眼。

這些牛頭人就像懷眞一樣，腦袋裡面也有自動導航系統嗎？眼看每個牛頭人都在奮力往前衝，沈洛年也不好意思大喊找黑族族長來問話，正煩惱間，輕疾開口說：「看這方向，可能是往澳洲，也就是澳大利亞。」

「澳洲？」沈洛年叫了起來。

身後的狄純一怔說：「什麼？」

「沒什麼，我思考一下。」沈洛年應付了一下狄純，低聲說：「他們去澳洲幹嘛？」

「此爲非法問題。」輕疾說。

「嘖。」沈洛年不再發問，使用妖炁把自己和狄純托起，緩緩飄立了起來，站在牛頭人寬闊的背上。

「哞？」兩人下方的牛頭人疑惑地抬頭，似乎對身上突然變輕不少有點疑惑。

沈洛年低頭敷衍說：「我站一下。」

牛頭人搞不懂，也只好繼續專心游泳，而狄純見沈洛年站起，擔心地說：「要……飛回去嗎？」

「海很大，這樣往外飛我會迷路。」沈洛年搖頭。

「我可以協助指引方向，判別方位的能力算常識。」輕疾突然說：「但你揹著女孩，飛行時若遇到危險，幾乎是無法自保。」

「用闇靈之力呢？」沈洛年低聲說。

「你們距離太近，她會受侵蝕的。」輕疾說：「而且這能力盡量不用比較好。」

倒沒想到侵蝕的問題，沈洛年微微一驚，還好輕疾提醒，否則差點一不小心把這小丫頭弄成骨靈……但這下什麼辦法都沒有，他看著一望無際的大海，不知該如何是好。

狄純見沈洛年口中喃喃片刻，又沉默著不說話，低聲問：「現在……怎辦？」

「只好跟著去了。」沈洛年說。

狄純慌張地說：「怎……怎麼可以？要很久嗎？」

「唔。」沈洛年微微一怔，這才突然想到身旁是個害羞孱弱的小女孩，這一趟不知道要多久，她吃什麼？喝什麼？別說她了，自己體質和一般人雖然不同，也不知道能多久不喝水……至於便溺生理那些問題更別提了。

「輕疾你有辦法嗎？」沈洛年低聲說：「魚我還可以抓，水從哪兒來？」

「如果有適當的管路和工具，可以藉著你的能力迫水爲蒸氣，再藉海水冷卻爲純水。」輕疾說：「但現在周圍什麼都沒有，我也想不出辦法……不過這裡下雨的機會很大。」

萬一剛好幾天沒下雨怎辦？何況手邊也沒有盛水的東西……要是有什麼工具就好了……

正思索間，輕疾突然開口說：「快下雨了。」

沈洛年一怔，抬頭往空中看，果然見到西方烏雲滾滾，正往這方向捲來，不只是沈洛年往上看，所有牛頭人都抬頭往上看，周圍喜氣洋洋，不少人發出歡呼的聲音。

「怎麼回事？」沈洛年說：「他們也這麼高興？」

「牛頭人幾日不吃還可以，但也需要喝水。」輕疾說：「若雨下得太少，有些老弱會撐不過這段旅程。」

原來他們也怕沒水，那這些傢伙也不準備一下就衝過來了？沈洛年一怔，正想找個人來罵，卻見一個牛頭人在遠遠牛群前方以牛語呼嘯：「黑族蒙苦，來前面！」

沈洛年身下的牛頭人一愣，咕嚕一聲嘴巴冒出水面說：「皇子叫我。」跟著排開眾牛，往前游了過去。

那傢伙在前面嗎？沈洛年正想找人算帳，當下開始研究，該從哪句話開始罵起。

這被叫作蒙苦的牛族壯漢，很快就衝到牛頭人的領先群，前端那一群牛頭人中，一個腦袋變形的傢伙突然跳了起來，學著沈洛年一樣站在身旁的牛頭人背上，哈哈笑說：「沈神巫，沒想到這麼快又見面了。」看那模樣，正是牛族皇子姜普。

「噫？」狄純聽到對方居然會說人話，當下吃了一驚，忍不住探頭偷瞧。

「帶著妻子來嗎？歡迎歡迎！」姜普那怪頭上的一雙大眼，盯著狄純的小臉看，把她嚇得又縮了回去。

沈洛年卻皺著眉頭，他還在心中整理罵人的話，只悶聲說：「這丫頭不是我老婆。」

「喔？」姜普也不追究，只說：「牛族大隊出海之後，我才發覺你們和黑族一起來了……眞是太好了，不過我們這次遷徙、日夜不停，要好幾日才有地方上岸休息，之後還要再過數日，才能到目的地，神巫不怕受不了嗎？」

原來姜普不知道自己來了？沈洛年的火氣倒是消了，他想起輕疾的話，望著姜普說：「你們的老弱呢？撐得住嗎？」

姜普透出一股沉痛揉合著堅毅的情緒，停了片刻才說：「這種全族大遷移，難免會有損失。」

沈洛年一怔，突然有點佩服姜普，這種大團體的領導人，自己可是幹不來的，他想了想才說：「爲什麼突然要遷移？」

「過去那島是道息集中地。」姜普說：「但現在變了，變成排斥地，並不適合牛首族，尤其是皇族，但若只有皇族離開，我們就沒法保護自己族人了。」

「西邊不是有些地方，排斥的力量比較低嗎？」沈洛年說。

「那兒集中了許多本來散居在世界各地的強大妖仙，也不適合我們。」姜普說。

懷眞似乎也說過類似的話？對了，還有幾乎把牛族滅族的龍族也來了……這麼說來，姜普的遷移似乎也挺有道理。

這時沈洛年身後的狄純，突然低聲說：「其實……」但說了兩個字又停了下來。

「怎麼？」沈洛年問。

「沒……沒什麼。」狄純忙說。

這丫頭想上廁所嗎？在這大海中這我可變不出花樣了，等等讓她泡水裡隨便放吧……沈洛年正胡思亂想，姜普轉過頭，望著西邊的烏雲說：「希望這幾天的雨量充沛，否則牛族幼童的損失會變大。」

不只你們牛頭人有缺水問題，我身後這丫頭還不知怎辦呢，但連萬事通輕疾都想不出辦法，自己又怎麼想得出來？

眼見烏雲越來越近，雨水開始一滴滴打了下來，姜普突然一聲呼嘯，本來頗分散的牛群漸漸聚集起來，眾人顧不得游泳，同時抬頭張開大嘴，大口吞嚥著落下的雨水。

牛就是牛，只知道這種笨方法嗎？帶些水壺出門不就好了？沈洛年一面暗罵，一面心中發急，狄純就算也學著這樣喝，那張小嘴能裝多少水？

又過了幾秒，雨勢突然變大，傾盆大雨嘩啦啦地灑了下來，沈洛年看著天空，一時不知該如何是好。

突然他似乎聽到硬物輕聲撞擊的聲音，一回神，這才發覺狄純正在發抖，那正是她牙齒打顫的聲音，沈洛年這才想起，那氈毯恐怕早已經溼透，連忙說：「冷嗎？」

「我……沒關係。」狄純說。

姜普聽到兩人對話，插口說：「這時泡在海水中，反而比較溫暖。」

原來如此，沈洛年連忙解下氈毯，一面說：「妳泡水裡去……記得多喝點雨水免得口渴。」

狄純驚慌地說：「洛年，我……我不會游泳……」

「抓著蒙苦。」沈洛年說：「他們不可怕的。」

狄純卻死抓著沈洛年，紅著眼睛不肯放手，沈洛年總不好把她扔下去，最後只好沒轍地說：「媽的！陪妳下去可以吧？」他把氈毯平放在蒙苦身上，橫抱著狄純跳下水中。

「對……對不起。」狄純低聲說。

「認識妳到現在說了幾次對不起啊？」沈洛年瞪眼說：「少做點需要道歉的事情不是更好？」

「對……對不……」狄純說到一半，連忙委屈地癟起嘴。

「算了、算了。」沈洛年嘆氣說：「愛哭鬼，總搞得好像我在欺負妳。」

「沒有。」被橫抱著的狄純長髮散入水中，她頭靠著沈洛年頸側，低聲說：「你很好。」

「我一點都不好。」沈洛年氣呼呼地說：「記得喝點水，渴死沒藥醫。」

狄純確實有點渴，但這樣可真不容易喝，她仰面喝了幾口，雨水沖入鼻子差點嗆到，一下子咳個不停，沈洛年又擔心又火大，忍不住一面拍著她的背，一面唸：「媽的，我最討厭照顧小孩，以後一定不生小孩！」

但罵完沈洛年又不免有點心虛，說不定這丫頭想不開又哭了起來，忍不住偷瞄狄純，卻見她咳完之後卻沒說話，只低著頭不吭聲，沈洛年正有點擔心，卻聽狄純輕聲說：「我也不想生。」

「媽啦，這話什麼意思？幹嘛接著我後面講？」沈洛年一愣，卻見狄純正抬頭望著自己，兩人目光一碰，狄純馬上紅著臉低下頭去，結巴地說：「我……我意思是，我不想讓這血脈延續下去。」

沈洛年想了想說：「只要別告訴別人存在這種血脈，還是可以照生的。」

狄純停了片刻，轉開頭低聲說：「也是。」

現在可不是聊這種事的時候，沈洛年聽著周圍雨打水面稀里嘩啦的聲音，正煩惱儲水的方法，突然聽狄純低聲說：「雨好大，打在頭上痛痛的。」

「嘖，妳那是什麼嫩腦袋……若妳不喝了，我倒是有個辦法避雨。」沈洛年心念一動，一個黑乎乎的大片橢圓形東西，突然從水中竄出，飄在兩人頭上，擋住了空中落下的雨水。

「咦？」狄純看著那一片彷彿甲蟲般的橢圓深黑物體，詫異地說：「這是什麼？」

「神巫，這是什麼妖？有妖炁。」連姜普也好奇地鑽入沒雨的地方，詫異地往上看。

「凱布利，一種影妖，可以藉著妖炁凝出體型，拿來避雨挺好……」沈洛年突然一呆，大聲說：「啊！」

他這一聲喊，把狄純和姜普都嚇了一跳，兩人詫異地看著沈洛年，卻見他突然目光轉向上方，兩人跟著抬頭的同時，卻見上方的凱布利一瞬間變大，長度超過五公尺，跟著突然懸空一轉，圓弧形的背面貼著前方海水，肚腹處朝著天空，彷彿躺在水面上，只見沈洛年看著那東西詫異地說：「媽的，什麼時候變這麼大了？」

「這……這是……影妖嗎？怎會有這麼巨大的影妖？」姜普愣愣地說。

「我也不知道牠怎麼變的。」沈洛年突然笑了起來：「眞的可以。」

「可以什麼？」狄純怯生生地問。

「可以裝水。」沈洛年抱著狄純縮在圓弧側下方躲雨，一面笑說：「我讓牠背後凝結出形體，肚腹處則保持虛影，這樣不就是個大水槽嗎？」

「這裡面可以裝水？」姜普大驚說：「眞的？」

「眞的啊，正在累積。」沈洛年曲指敲了敲凱布利以妖炁凝出的背殼，傳出叩叩兩聲，一面低頭笑說：「純丫頭恭喜，妳不會渴死了。」

「可以喝嗎？」狄純訝異地說。

「現在只有一點。」沈洛年在接近底部的地方，伸手指引說：「來，這兒可以穿透。」

狄純訝異地伸手，果然可以探入那一片漆黑中，跟著輕輕一撈，眞捧出一捧潔淨的雨水，狄純輕啜入口，一股甘涼滲入喉中，比仰頭苦吞舒服多了，她不禁露出歡喜的笑容。

「還要嗎？」沈洛年問。

「夠了。」狄純搖搖頭，又有點擔心地問：「隨時可以喝嗎？」

「隨時可以。」沈洛年眞有三分得意，連輕疾都沒想到這招，這招影蠱存水法，可當眞是天下唯一、宇內獨創。

不過這麼從旁看，只能看到一片黑，姜普忍不住冒雨御炁騰空，從上方往下望，卻依然僅見黑一片，他忍不住大聲叫：「眞有水嗎？」

「只是看不到。」距離一遠，雨聲就頗干擾對話，沈洛年只好也大嚷說：「你往內伸手看看。」

姜普落到凱布利邊緣，往內探入，果然最上面那片黑影可以探入，但往內側壁面一摸，就是凝結如實的圓殼，周圍雨水正不斷地順著圓形滑入。

「這……」姜普飄回沈洛年身旁，驚喜地說：「神巫，除了你們兩位需要的水量……」

沈洛年接口說：「要水就來拿。」他前幾日才被姜普旗救命，躲鑿齒時又托庇於牛首族，更別提當初取得闇靈之力也是靠他們，早想表示心意，自不會小氣。

「太好了、太好了！」姜普抓著沈洛年的肩膀大聲說。

「希望這雨下久一點。」沈洛年抬頭望著滂沱大雨說：「不然存不多。」

「夠用的、夠用的，只給小孩子喝就好。」姜普感激地說：「這樣大部分幼童都能存活下來，多謝你，神巫。」

狄純看姜普這麼高興，也頗覺歡喜，對沈洛年低聲說：「太好了，大家都有水喝。」

但沈洛年想了想，突然有點遲疑地說：「不過要是真的裝一大缸水，這影妖的妖炁可推不動……」

「當然我們推！」姜普叱喝一聲，號令一下，一群壯碩的牛頭人馬上擁了過來。

「你也太急了。」沈洛年忍不住笑：「現在水還很少啦。」

姜普一愣，和沈洛年相對哈哈笑了起來。

這麼一來，隊伍的陣型就要做調整了，孩子們得集中到這大影妖身邊，當然還得安排輪值推動的牛頭壯漢，姜普當下忙著去指揮打點，連這影妖是哪兒來的都忘了問。

既然水的問題解決了，其他問題就算還有點麻煩，至少不會死人……沈洛年覺得輕鬆不少，對懷中的狄純笑說：「等雨停，我們到凱布利上面曬太陽，我再幫妳把毯子弄乾。」

「啊？」狄純訝異地說：「上面不是空的嗎？」

「空不空，由我控制。」沈洛年笑說：「妳剛喝水的地方，現在也變回密封了。」

「怎會……」狄純看了沈洛年一眼，微笑說：「又是不能問的對不對？」

「妳越來越乖了。」沈洛年頗覺滿意，點頭說：「其實這也不算什麼祕密，只是懶得一直解釋，每個人都想問，累死我。」

被沈洛年稱讚，狄純看來挺高興，低頭淺笑了一陣子之後，她似乎想起一事，收起笑容說：「對了……洛年。」

「嗯？」沈洛年低頭。

「他們這次遷移，是爲了要離開噩盡島嗎？」狄純問。

「對啊，妳剛也聽到了。」沈洛年說：「姜普說道息太少。」

「可是……」狄純遲疑了一下。

「怎麼？」沈洛年問。

「不久之後，連噩盡島在內，所有大的陸塊……都會連在一起的。」狄純低聲說：「其實不用冒險渡海，等以後再搬就好。」

「啥？」若換一個人這麼說，沈洛年可能嗤之以鼻，但說這話的是狄純，可不能當成開玩笑，沈洛年一呆說：「妳……妳夢到過？」

「嗯。」狄純微微點頭。

「什麼時候會發生？」沈洛年吃驚地說。

「那個夢看到的範圍很大，時間反而難確定。」狄純遲疑地說：「但那時我的外貌……還是現在這個樣子，並沒有明顯變化，既然我已經自由，該是……幾個月之內。」

「啊？」沈洛年這下子不免張大嘴巴，那叫「板塊移動」還是什麼的東西，一年不是才幾公分嗎？為什麼……為什麼會突然暴走啊？和最近一直以來的地震有關嗎？

沈洛年呆了呆才說：「我要不要叫姜普回頭啊？」

「他怎會相信？」狄純低頭說：「除非告訴他我的身分，但我擔心……」

「嗯……還是別說。」防人之心不可無，大家也只認識幾天，姜普這千年妖怪要是知道狄純是白澤血脈，說不定也想把這丫頭抓去養，這十幾萬牛頭人自己可打不過；沈洛年想了想又說：「妳也不一定要告訴我，免得我漏了口風。」

狄純遲疑了一下才說：「我……不想瞞你，你是我……你是好人。」

「我才不是好人。」沈洛年白了狄純一眼說：「有機會就把妳扔了。」

狄純臉孔微微一紅說：「別騙我，你不會的，要扔早就扔了。」

沈洛年一時語塞，搖搖頭，不再和狄純鬥嘴。在這片滂沱大雨中，他目光往東北方望去……既然輕疾可以指引方向，在澳洲安置好狄純後，月底前得飛回去一趟，想辦法和黃齊夫妻碰面。

□

雖然說有了水，但在海上度日，其中自然有許多不便的地方，沈洛年和狄純又是男女有別，還有十幾萬對牛眼很好奇地盯著他倆猛瞧，說有多麻煩就有多麻煩，但至少生命不至於出問題，不管如何尷尬，總也是千辛萬苦地度過了。四日後，沈洛年、狄純隨著十幾萬牛頭人，一起登上了陸地。

這可不是終點，只是這趟旅途的中繼站，沈洛年詢問輕疾才知道，這兒是「新幾內亞島」

東北方「俾斯麥群島」中的一座島嶼，那是個茂密的熱帶雨林地區，上岸沒多久，前方就是整大片森林往外展開，牛頭人最常吃的當然是草，但大家餓了好幾天，就算只有樹皮也照啃了。十幾萬名牛頭人當下四面漫出去，這片森林數里內稍嫩的植物馬上被啃得一乾二淨。

等稍做休息之後，牛頭人大隊沿著陸地繼續往東南奔馳，越過一段段的海峽、島嶼，不斷登岸又下海，繞過「新幾內亞島」東方陸地、穿過「托雷斯海峽」，花了足足三日，終於在十月十七日傍晚時分，從著名的「約克角」，登上澳大利亞的陸地。

這三日，牛頭人並沒有全力奔馳，不但晚上都在陸地上按時休息，大大小小也都吃得飽飽的，沈洛年和狄純總算有時間到處走走，還在幾個荒廢的城市中，找到了可以更換的衣服，一直陪著狄純的短衣、短褲和那條氈毯，因爲乾了又濕、濕了又乾，早結滿了一層層的鹽粒礦晶，此時終於可以功成身退。

一路上，那幾名牛頭人皇族可沒閒著，沈洛年藉著妖炁感應，知道他們幾乎都在隊伍前方，不斷先向各處盤據的妖怪群接觸，到底說了什麼沈洛年當然不知道，但看這趟行程一直頗順利，想來牛頭人和大部分妖怪的關係都還挺好，借道並不困難。

到澳洲時已是傍晚，上岸奔出數十公里後，旋即進入一片沼澤型的熱帶密林區。眾人覓食後，牛頭人紛紛散開準備休息，沈洛年和狄純也找了個避風處稍歇。

這時，穿著一身寬鬆運動服的狄純，正扶著一根樹幹，做著沈洛年規定的復健動作，沈洛年則坐在一旁，看著狄純的動作，準備隨時過去協助。

看著看著，沈洛年覺得無聊，低聲說：「輕疾，你懂功夫嗎？」

輕疾回答：「請問得精確一點，若是密傳技巧或獨門功夫要點，就算非法問題。」

沈洛年搖頭說：「不是那種東西，我想問個概念。」

「那麼請問。」輕疾說。

「我前陣子和總門的人、還有鑿齒打了幾場架，有一點想不通……」沈洛年說：「我打架都靠著時間能力和敵人過招，這才稍微佔點便宜，但如果我沒用這能力的話，我的反應能力，卻似乎根本比不上別人……我也有練熟匕首不是嗎？是我天生反應比較慢嗎？還是因爲我體內沒有炁息？」

「天生反應當然有關係，但是你有個基本的事情弄錯了。」輕疾說：「貼身戰鬥時，你都靠著時間能力，當場思考，並決定戰鬥方式，但一般的戰鬥者，並不是思考而後決定的。」

「呃？」沈洛年可聽不懂了，打架不准用腦袋的嗎？

ISLAND
滅族戰

「炁息的取得與提升，對於反應能力確實有幫助。」輕疾接著說：「但這提升是相對而全面的，對任何人來說，整體而言能掌握並控制的肢體行動速度，一直都比思考速度還快，你藉著時間能力判斷對方動作的空隙，並選出最適當的攻擊軌跡，從而行動，這不是一般人可以藉訓練而達到的模式。」

沈洛年還是第一次聽到這種事情，訝然說：「那一般人是怎樣？」

「除了提升炁息、反應、速度這些基本元素之外，一開始要著重的，大多都是招式的精熟度。」輕疾說。

「有啊，我有練那七招！練了好幾個月耶。」沈洛年說。

「你只是練到非戰鬥狀態下的精準度，這只是基礎。」輕疾說：「還差很遠。」

「啊？」沈洛年一呆說：「聽不懂，什麼非戰鬥狀態下？」

「你練習時，確實能擊中目標物，但那時並非使盡全身力量的最高速度，也無須閃避、移動，真實在戰鬥時，你能擊中目標，都是靠時間能力不斷修正，但這樣做，其實會微妙地降低了你的攻擊速度和力道。」輕疾說。

沈洛年張大嘴說：「那該怎辦？」

「繼續練，不斷地練。」輕疾說：「當千次、萬次不斷地訓練下去，就會慢慢掌握到每一

個動作的精髓，讓每一次出手彷彿呼吸一般自然，使動作銜接能流暢、迅速、不用思考……每個人都是這樣練的，你朋友們也是。」

「你的意思是，他們每天都在練一樣的招式？」沈洛年問。

「一般來說都是這樣的。」輕疾說。

「我還以爲他們武器比較複雜，每天都在練新招……」沈洛年呆了呆說：「這樣就可以變很厲害嗎？」

「千錘百鍊，只是初步。」輕疾說：「之後就看你要往哪個方向發展，更快？更巧？還是更有威力？要化繁爲簡專精數招？還是靈動多變抵瑕蹈隙？訓練的方式都不同。」

沈洛年大皺眉頭說：「聽起來……好像還沒完？」

「當然。」輕疾說：「之後就要開始累積經驗，練習、觀察、實戰都會有幫助，事實上，只要清楚對方的動作變化，本就很容易知道應付之法……問題是戰鬥時並沒有時間思考，如何能彷彿直覺般根據對方的動作瞬間推測出後面的變化，這靠的是經驗的累積，等經驗累積到一個程度，除能力的鍛鍊外，平時可多進行冥想式的戰鬥思索，對增加瞬間判斷能力會有幫助……你朋友賴一心，就常常如此。」

「那種是天才，誰能跟他比。」沈洛年說。

「所謂的天才，只是熟練的速度比一般人快，你要練三個月才能精準的動作，他隨手就可以使用，但就如我剛剛所說，那連初步都談不上，只能算是基礎，從下一個階段開始，就要靠個人的努力了，和是否天才無關，別忽視了他的努力。」輕疾說。

「唔……」沈洛年無話可說，說起來自己練功夫上確實很不認眞，別說賴一心，連白宗其他的人都不如，要是沒有時間能力，說不定連吳配睿那丫頭都打不過……想到這兒，沈洛年不禁吐了吐舌頭。

輕疾不管沈洛年有什麼體會，接著又說：「另外，當遇到不同形式的敵人時，需要先作資訊的收集。」

「什麼不同形式？」沈洛年問。

「比如是三頭六臂或許多觸手，又或手足關節可隨意彎折，有的長尾、翅膀具有揮掃能耐，有的具有強力螯夾可以鎖人武器等等……」輕疾說：「許多針對人類而創出的繁複巧打貼身招式，都是無用的，一直以妖怪爲對手的道武門，這方面觀念比較正確。」

「那我現在該從哪兒開始？」沈洛年問。

「功夫沒法一蹴而就，每天練習的時間越多，得到的東西就會越多。」輕疾說。

沈洛年哼了一聲說：「好吧，練就練。」

輕疾倒不介意沈洛年口氣不好，頓了頓說：「另外……本體說要給你一個建議。」

「怎麼？后土要說什麼？」沈洛年有點意外。

「在你練熟之前，你主要還是靠時間能力保命。」輕疾說：「而你使用這能力後，常會感到異常疲累。」

「對啊，有辦法嗎？」沈洛年吃驚地說。

「你可以增強自己的魄力。」輕疾說。

「嗄？」沈洛年一愣說：「魄力？」

「這名詞容易混淆，還是你比較習慣用精智力來稱呼？」輕疾問：「和闇靈之力抽取的魄力相同。」

「我知道你說的東西……」沈洛年說：「可是我一直不很清楚那是什麼，是靈魂嗎？」

「類似，但不夠完整。」輕疾說：「大量的生命力才能凝聚出一點點精智力，精智力與大腦組織互爲表裡，隨著腦部發育，聚集生命力而產生，所以腦部發展越完全的生物，精智力越強大，人類介於妖與非妖之間，也是妖怪之外，唯一有高等精智力的普通生物。」

好像扯得遠了點，沈洛年愣了愣才說：「那精智力可以幹嘛？」

「精智力和大腦配合，才可以思考和存活。」輕疾說：「但大腦著重的是整理與儲存資訊，這些資訊間的交錯整合進而化成經驗、知識、習慣，則靠精智力運作；各感覺器官獲得資訊，會先送入大腦分類儲存，跟著精智力就會開始運作，以獨特的方式進行分析連結和比對，產生新的判斷和經驗與應對模式，並送回大腦，再由大腦傳送出命令。這個過程中，不斷地消耗精智力，到一定的程度，人類就會感覺疲累、不適，進而覺得需要休息，藉生命力緩慢轉化，補充精智力，因爲精智力的重要性優先於生命力，若是過度耗用，甚至可能減損生命。」

聽得一頭霧水的沈洛年，呆了片刻才說：「你……乾脆直接說我該怎麼做比較快。」

「簡單說就是——你隨時保持時間能力開啓的狀態，以後就能越用越久。」輕疾說。

「爲什麼？」沈洛年詫異地說。

「頻繁耗用精智力，可以提升精智力總量和補充的速度。」輕疾說：「缺點是會耗損生命力，但年輕人通常生命力比較豐足，你更不缺。」

「這樣說簡單多了。」沈洛年懂了，點頭說：「也就是說，我要常常使用時間能力。」

「對。」輕疾說：「你平常不大有耐心耗費腦力，精智力只算一般……但這種訓練法也是別人辦不到的，相信可以快速提升你的精智力，不過因爲並不是藉著思考訓練，資訊歸類與交換速度不會提升，大腦並不會變得比較靈光，十分可惜，可以考慮改變習慣，多運用自己的腦力。」

「免了，我寧願當輕鬆過日子的笨人。」沈洛年想想突然有點稀奇地說：「你們今天怎麼這麼好心，突然提供我建議？以前不是不問都不說的嗎？」

「你想修練功夫，增加自保能力，和本體的目的一致……都是爲了不想使用闇靈之力。」輕疾說：「雖然並未主動詢問，這些訊息仍算常識，故破例提供。」

「嗯……」沈洛年望了望不遠處正滿頭大汗、忍痛活動身體的狄純，嘆一口氣說：「那時小純眞的嚇得很厲害……不只她，連鑿齒都嚇慘了，那模樣不知多可怕，我可不想再嚇人。」

輕疾補充：「就像冒著黑氣飛來飛去的死屍。」

「好啦！不用說明了。」沈洛年憤憤說：「反正盡量不要用就對了。」

「正是。」輕疾說。

「原來精智力可以訓練，既然可以增強的話……」沈洛年突然想起懷眞的話，忙說：「懷眞好像說過，有人研究出使用精智力的辦法？啊，你也說過精智力有挺大的力量對吧？」

「是，應龍一族敗退西地之後，有研究出精智力的運用之法，在西地有片段流傳，後來又被稱之爲魔法。」輕疾解釋。

「媽啦，眞有魔法啊？要拿魔杖嗎？」沈洛年有點興奮地說：「教我那個不是比較快？」

「那種法門除了精智力之外，十分需要耐心、細心和縝密的思考判斷力，和你性格完全不合，而且最好從小學起，建議你把自己會的先掌握住。」輕疾說：「至於魔法使用細節，就算非法問題了。」

「呃……」聽起來果然不適合，沈洛年轉過頭，見狄純剛把該做的動作做完，正靠著山壁喘氣，當下站起身走向狄純，要幫她按摩軟化全身的關節和肌肉。

數日之前，兩人就開始了這樣的復健過程，狄純也從原本的羞澀漸漸習慣了沈洛年的觸碰，反正沈洛年完全不懂什麼叫作溫柔，總是板著張臉推拿，讓狄純痛得要命，她忍著不掉淚都已經有點困難，哪有時間害臊？

當下折騰了半個小時，沈洛年搞得狄純全身痛楚、泫然欲泣，這才完事。他拍拍手起身，一面扶起狄純說：「感覺怎樣？」

「一樣！每次都好痛！不能輕點嗎？」狄純輕靠著沈洛年，噘起小嘴說。

「妳全身筋骨關節都太僵化，我已經照規矩慢慢推開了……」沈洛年不理會抱怨，沉吟說：「若是能讓妳變體，恢復速度會快很多……」

「我不想變體。」狄純害怕地說：「聽說失敗會……變很可怕。」

「唔……」這倒沒錯，沈洛年想起當初那倒楣的同學張俊逸，倒也頗有些忐忑，他一轉念說：「看來還是引仙比較安全，沒聽說有失敗的例子。」

「那是什麼？」狄純好奇地問。

「引仙是另外一種仙化的辦法，比較安全，詳細的方式其實我也不大清楚……」沈洛年說了幾句又沒耐心，正想推到以後再說，突然遠方一陣雜亂的呼嘯，牛頭人們紛紛站起，仰天狂呼了起來。

「怎……怎麼了？」狄純一驚。

沈洛年也不知道怎麼回事，他四面急望，卻見所有牛頭人都動了起來，有人往前跑，有人往後跑，看似十分混亂，其實卻是井然有序，老弱牛頭人正快速地從四面各部族往內集中，而每個部族的戰士，則紛紛各歸本部，做好迎戰的準備。

沈洛年雖然沒看過這種畫面，卻看得出來，牛頭人應該是遇到敵人了。

這時一隊百多名牛頭人突然往自己這兒衝來，領頭的正是皇子姜普，他臉色難看，一面奔跑一面喊：「沈神巫！」

「皇子，怎麼回事？」沈洛年問。

姜普神色有點沉重，到沈洛年身前，迅快地說：「前方不遠的妖族，拒絕讓我們過境。」

「啊？」沈洛年微微一愣說：「沒有先說好嗎？」

「這兒的妖族封閉了很多很多年，一向很少對外溝通，我們也不大懂他們的習慣。」姜普說：「這大陸如此遼闊……我們本來只是過境時友善地打聲招呼，沒想到居然會被拒絕，太不合理，我們甚至不是想在這附近定居。」

「現在怎辦？」沈洛年問。

「對方要我們撤走，否則要趕我們走，但我們不可能回頭，一定要進入這塊土地。」姜普神色凝重地說：「作戰眼看不可避免，能夠再請神巫幫忙治療嗎？」

「如果這地方每個妖族都這樣，豈不是打不完？」沈洛年吃驚地說。

「要先有立足之地，至少要打贏這場仗。」姜普說：「如果後面的妖族一樣不講理，可以在這兒養息一陣子，再選擇深入的方向。」

這醫生看來非當不可了，上星期才發誓絕對不再當醫生，沒想到之後還是天天幹……沈洛年這幾天爲了幫牛頭人「複診」，一般工具早已準備齊全，但此時又要大戰，繃帶、藥物、縫線需要的量恐怕不少，沈洛年嘆口氣說：「我知道了，但恐怕藥材不夠。」

「多謝神巫。」沈洛年肯幫忙，損失的幅度就會小很多，姜普鬆了一口氣，行禮說：「請盡量在防禦圈中尋找材料，我派這一隊保護兩位。」

「需要這麼多人保護嗎？和上次一樣，讓幾個人跟著我幫手就好啦。」沈洛年有點意外。

「這和上次不同，這次的敵人我們雖然不大了解，但看起來機動力很強。」姜普說：「神巫十分重要，小心爲上。」

有人保護也好，狄純在身邊，自己戰鬥力大打折扣，頗不安全，沈洛年不再拒絕，而姜普也心掛著前線，不知對方何時會殺來，很快就跟沈洛年告辭，往前方奔。

這附近除海灘外，主要是熱帶密林地形，物種十分豐富，動植物都多，材料比噩盡島上容易取得，沈洛年帶著人四面繞了繞，又蒐羅了幾堆藥草，到了牛頭人指引的地點後，開始忙碌地加工藥材。

才剛安排好幾個牛頭人的工作，南方突然喊聲大起，一群乍看彷彿鴕鳥般的高大妖物，奔出密林，一面怪叫，一面邁開兩條長腿，高速往牛頭人衝。

沈洛年和許多牛頭族的孩子一樣，被圍在一塊小高地中保護著，聽到喊聲，忍不住抬頭往外眺望戰局。

那群巨鳥和牛頭人差不多高大，外型頗像鴕鳥，但脖子似乎更粗短一些，他們身上羽毛七彩繽紛、艷麗奪目，鳥頭頂上更生著一片硬梆梆的骨盔，隨著快速地奔馳，那兩顆又圓又大銳利的目光，充滿殺氣地往前瞪視。

這時前方牛頭人一聲喊，往前衝出迎戰，兩方在一片灌木矮林區相會，領頭的怪鳥妖們倏然蹦起，兩足往前急踢，勾爪上銳利的閃光讓人不禁心寒。

牛頭人不管三七二十一，低著頭就往前衝，兩方這麼砰地一撞，不少牛頭人腦袋被那銳爪抓破了好幾個大口子，一下子血流如注，而怪鳥妖身子輕盈，畢竟不如牛頭人的蠻力，紛紛往後彈飛，而在妖炁衝撞下，有些鳥妖雙足稍嫌纖細，就這麼硬生生被撞斷。

剛一接觸，兩方前鋒兩敗俱傷，牛頭人是不拐彎的個性，後隊一樣低頭猛衝，那些鳥可不想斷腿了，有的閃避側身攻擊，有的用頭上骨盔與牛頭人雙角互撞，再趁隙以爪攻腹，畢竟他們頭部的骨盾結構本來就用來對撞的，雖頗不如牛頭人「專業」，倒也不會因此受傷。

那些巨鳥一對鳥足，共有六支銳利的長利爪，就算牛頭人以妖炁護體，劃過仍皮開肉綻，而牛頭人則強在力大體壯，就算受了傷往往還是把對方撞得四處亂滾。

兩方大戰十幾分鐘，那群怪鳥似乎發覺正面硬撼有點吃虧，一陣尖銳的呼嘯傳出，他們帶著自己人，一轉眼退入了林中。

到這一刻，一直在觀戰的沈洛年才喘過氣來，眼看數百名牛頭人正被戰友從前線往這兒搬，他吐了一口氣低聲說：「那是什麼妖怪？看來不比牛頭人弱。」

「人稱鶴鴕妖，牛頭人不知其名，稱之爲跑步鳥。」輕疾說：「體型比原來的鶴鴕大一半。」

「什麼叫原來的鶴鴕？」沈洛年不明白。

「澳洲本來就有叫作鶴鴕的鳥類，又叫食火雞，是很害羞、很危險的生物。」輕疾說。

啥叫很害羞、很危險？沈洛年正想問，眼看傷者很快就送到眼前，這時沒空追問，他捲起袖子，開始動手救治。

□

之後鶴鴕妖不再正面攻擊，分成幾個小隊，一小隊一小隊從密林中神出鬼沒地鑽出偷襲，在牛頭人陣勢旁一陣亂殺，等牛頭人調動大軍包圍，他們又先一步轉身溜了，這麼一來又變成鶴鴕妖佔了便宜，牛頭人傷者不斷往內送。

沈洛年治療的時候，卻覺得有點意外，雖然受傷的牛頭人不少，但卻很少受到致命傷，而牛頭人攻擊的時候，似乎也大多只把對方撞飛了事，沒追去下什麼殺手，這和打雲陽時可大不相同，莫非他們這種領地爭奪戰，還有點到爲止的不成文規矩？

就這麼幾個小時打過去，眼見明月高懸，沈洛年突然聽到姜普在前方大喊：「不打了，我們要睡覺！」

沈洛年不禁啼笑皆非，打仗有這種規矩嗎？正不知對方會怎麼回覆，突然聽到一串鳥鳴傳回，輕疾翻譯得清楚，對方正是說：「快點離開，天亮沒走，我們再來！」

「我們不會走的！」姜普大喊。

果然和與雲陽的戰鬥不同，看來他們的打仗，分很多種不同的等級？不過暫時停戰總是好事，而且這次受重傷的人遠比上次少，很多都是稍微縫個幾針、包裹起來就沒事了，但這也代表沒有快死的可以偷吸，可當眞是做白工。沈洛年一面抱怨，一面把傷者一個個處理妥當，當最後一個完成的時候，一抬頭，卻見姜普正站在一旁等候。

「怎麼了？」沈洛年有點意外。

「我想和神巫談幾句話。」姜普面色凝重地說。

沈洛年微微一愣，望著一直在身旁幫忙的狄純說：「妳很累了吧？先去睡。」

相處了一個多星期，狄純現在已經比較不怎麼害怕牛頭人，後幾日也曾直接讓牛頭人揹負，她看出姜普有話想私下說，不好說要跟，只無奈地點了點頭。

「狄小姐要聽亦可。」姜普那張變形醜臉，露出似乎像是微笑的表情。

「可以嗎？」狄純驚喜地說，連忙伸手抓住沈洛年袖管，彷彿怕他溜了。

「妳去幹嘛？」沈洛年皺眉說。

「我會很乖，不會插嘴的。」狄純低聲說。

這膽小丫頭還眞愛跟，沈洛年好笑地搖搖頭，伸手扶著她腰，以凱布利的妖炁托著她，隨著姜普往外飄行。

當下姜普引著沈洛年與狄純，走出傷者、幼兒保護區，繞到了另外一個林間高地，周圍雖然也圍滿了牛頭人，但離三人站立的位置，都有頗遠一段距離，這時姜普開口說：「我有些事情，想告訴神巫。」

「怎麼了？」沈洛年問。

「第一件事，和神巫本身有關，十分重要，今天差點忙忘了。」姜普看著沈洛年說：「神巫控制的影妖……十分異常，我從沒聽說過這麼巨大的影妖。」

別說你了，連活了幾萬年的懷眞都沒看過。沈洛年不置可否地說：「我是因爲一個特殊的機緣獲得的。」

「聽說人類有種養妖之法，又稱蠱術，可以以心意控制妖物，這種妖物稱爲妖蠱，其中影蠱是最低下的一種。」姜普說：「但無論以精血或以炁餵飼，都不可能讓影蠱成長到這種程度才是。」

因爲道息最補吧……不過姜普知道的也不少了。沈洛年聳聳肩說：「大也沒用啊，恰好能裝水可眞是意外中的意外，我已經很久沒讓牠出來了。」

「我是要提醒神巫注意……」姜普嚴肅地說：「怎麼變大日先不管，但這麼大的體積，又能凝聚成實體，當可容納許多的妖炁才是。而妖蠱早已失去自行引炁的能力，純賴飼主供應變化，若神巫確實是以精血飼育，可得千萬小心，這麼大的影蠱，莫要補充時一個不小心耗盡精血，那可是會喪命的。」

沈洛年聽得微微一怔，飼養凱布利是用道息不是精血，姜普倒是白擔心了，但他這麼一說，沈洛年才發現似乎從沒讓影妖「充飽炁」過……莫非變大的時候，眞能裝下更多的妖炁？那會不會變好用一些？什麼時候有機會，可得幫凱布利「充炁」看看……

姜普等了片刻，見沈洛年沒說話，又開口說：「另外一件事，就和今日的戰況有關了。」

沈洛年回過神說：「怎麼？」

「神巫剛剛在後方，可能沒看到……」姜普頓了頓說：「最後幾次的突襲，我發現有些跑步鳥，身上有包紮過。」

「包紮……」沈洛年和狄純意外地對望一眼，這才說：「難道那邊也有人類幫忙？」

「恐怕是如此。」姜普說：「這件事傳出去，可能會影響我族士氣。」

「爲什麼？」沈洛年詫異地問。

「這種沒有仇恨的戰鬥，是看兩方誰的傷者多，誰就不得不撤退認輸。」姜普說：「都有人治療的話，豈不是打不完？」

沈洛年想了想問：「那皇子覺得該怎麼辦？」

「我想請問神巫，人類和人類可有什麼聯繫的辦法？」姜普說：「若能透過那邊的人類，了解跑步鳥爲什麼要阻撓我們，也許可以不用打下去。」

人類哪有這種功夫？除非兩邊都有輕疾……沈洛年頓了頓說：「你們和這些鳥妖聯繫的過程中，他們怎麼說的？」

「他們沒學過人語，本身語言又很簡單，用輕疾翻譯還是很難懂。」姜普說：「我派去的人說要借道，他們居然莫名其妙地說要以歌換歌，我們又不是去換東西的，而且牛首族又不是鳥，唱什麼歌？」

「以歌換歌？」沈洛年也聽不懂，莫非鳥兒特別喜歡唱歌？

「我族人又說，不是打算在這兒居住，我們是想去南方的草原地區，取一塊地生活……他們卻說這個大陸任何地方的妖族，都不會允許我們佔有土地，這不是不講道理嗎？」姜普說到這兒，搖頭說：「後來兩方稍微起了爭執，他們居然說我們不尊重他們，要趕我們走，只好打仗了。」

沈洛年聽罷，皺眉說：「我們人類彼此之間，並沒有什麼特殊的聯繫方式。」

姜普聽了十分失望，搖頭說：「那就沒辦法了。」

「那之後該怎辦？繼續打嗎？」沈洛年問。

姜普沉吟說：「若是原野地區，我們會佔有優勢，但這兒是密林區，對方體型較小，短程衝刺速度又快於我們，很難佔到便宜……如果眞的不行，就要考慮換種戰爭方式了。」

「換方式？」沈洛年不明白。

姜普看了沈洛年一眼說：「滅族戰。」

「啊？」沈洛年一呆。

「這種情況下，更爲危險，神巫仍願意幫助我們嗎？」姜普目光中透出期待。

沈洛年不明所以地說：「我早就答應幫忙了，當然不會這時候離開。」

「那就太好了。」姜普似乎鬆了一口氣：「這種戰鬥，更需要神巫的幫忙。」

「這個……」沈洛年忍不住問：「那是怎麼個打法？和現在有什麼不同？」

「我們和跑步鳥本只需要拚個勝負，打完各走各的，彼此不記恨。」姜普說：「但現況是如果我們輸了，卻不能認輸回那個島嶼，所以萬一這打法打不贏，只好和對方決個生死……我們身材比對方壯碩，出全力該不會吃虧，不過這種打法容易結仇……除非某方完全認輸，後代

子孫很可能會千萬年這樣打下去，除鑿齒那種妖族之外，一般妖族很少這樣打仗。」

這可不是好事，沈洛年忍不住說：「爲什麼不能回去？暫時待一下……也可以吧？」

「那裡的道息狀況比較適合鑿齒，就算不提皇族，一般牛首族也很難發揮實力。」姜普說：「鑿齒不講道理，加上現在有刑天幫忙……和他們一起生活在那個陸地上，久而久之，我族恐怕反而會被滅。」

原來如此？卻不知道刑天爲什麼不會討厭鑿齒？沈洛年愣了愣才說：「怎麼沒人把鑿齒滅族？」

「懶得理他。」姜普憤憤地說：「不只打仗不講規矩，眼看狀況不對就四散逃跑，而且繁殖又快，明明感覺殺光了，幾百年過去又變一大群，就和人……」說到這兒，姜普突然瞄了沈洛年和狄純一眼，閉上嘴不說了，臉上透出點尷尬氣味。

就和人類一樣嗎？自己倒不覺得這樣打仗是錯的……原來其他妖怪很看不起這種打法？

姜普頓了一頓，搖頭說：「總之，強大的妖族鑿齒也不敢惹，一般妖族也懶得和鑿齒糾纏，沒完沒了，趕走他們就是了。」

如果告訴姜普，日後陸塊會撞在一起，他會不會改變心意？但萬一害了狄純，那又非自己所願……沈洛年看著狄純，見狄純望著自己，神色頗爲擔憂，似乎也很困擾，不知該不該說出來。

白澤血脈之事，萬一傳出去可不是開玩笑的，還是別說，有別的辦法可以解決最好……但這兩大妖族戰鬥，自己又怎有辦法阻止？

姜普見沈洛年不再發問，當下說：「神巫放心，鳥族目光銳利，嗅覺通常不怎麼樣，若進行滅族戰，我將以牛精旗應戰，一定會贏。」

既然這麼有把握，那就隨便他了，沈洛年正想點頭，卻聽到狄純有點膽怯地說：「請問，滅族……是要把對方殺光嗎？」

「當然。」姜普理所當然地說。

「那……幫助他們的那些人呢？」狄純又問。

「除非定下滅族戰之後，對方幫手撤退，否則當然一視同仁，不留活口。」姜普說：「我也因此才調動這麼多戰士保護兩位。」

嫣啦，那剛剛豈不是被拐著答應？雖然說會贏就不用計較……但沈洛年仍白了姜普一眼。

「可以……不要殺那些人嗎？」狄純難過地說：「最好……也別打這種滅族的仗，好不好？」

姜普看了狄純一眼，又回頭看著沈洛年，只皺著眉頭並沒回答，看來他十分不滿狄純的發言，只不過看在沈洛年的面子上，沒有直接斥責。

沈洛年卻也大皺眉頭，這丫頭也太天真，嘴巴說不打很簡單，總要給人一條路走啊，姜普若是有別的選擇，難道想打仗？

狄純見兩人都不說話，看著沈洛年又說：「那些人……說不定是被逼著來的啊。」

姜普見沈洛年似乎難以作答，開口說：「總之這些不用神巫煩惱，無論勝負，牛首族定會保護兩位安全，兩位今日也該累了，早點回去歇息吧。」一面轉身要走。

「等……等等。」狄純一驚，慌張地說：「其實……其實可以不要搬來，我……我知道一件事……我是……」

「別說了。」沈洛年打斷了狄純，突然開口說：「姜普皇子，我去看看如何？」

「什麼？」姜普吃了一驚，回過頭。

「我試試勸那些人類離開。」沈洛年說：「他們應該不知道滅族戰的嚴重性。」

「太危險了，神巫只是普通……」姜普說到這兒，突然一頓，他畢竟也是個千年妖怪，早覺得沈洛年有哪兒不對勁，一個普通人，哪有這麼大膽量和一群妖怪到處亂跑？不久前還聽黑族族長說，沈洛年揹著這女娃，和鑿齒殺得滿身血才跑來牛首族，普通人哪有這種能耐？

「洛年？」狄純也吃了一驚說：「你……你不要去。」

總比妳這笨蛋把血脈的事情招出來好吧？沈洛年白了狄純一眼說：「只要妳不跟，我就挺安全的。」

狄純一聽，委屈地咬著唇，眼淚不禁掉了出來。

哭吧、哭吧！媽的，帶妳去就真是自殺了，沈洛年開口之前就知道狄純會哭，當下也不理會，轉頭對姜普說：「如果有辦法幫那些人類離開，甚至叫來這兒幫忙，也不用打滅族戰了吧？」

姜普一怔說：「正是，但神巫萬一出了事……」

「大家都少死一點人，也是好事。」沈洛年想了想說：「我會盡量小心……萬一真出了事，希望你能幫我保護好這愛哭丫頭……最好是把她送給人類照顧。」

姜普沉重地點頭說：「我必定不負所託，竭盡全力保護狄小姐。」

狄純一聽，哭哭啼啼地說：「不要……你……你別出事，都是我不好……我……我也去好不好？」

「我就是不想出事，才不給妳跟。」沈洛年深吸一口氣說：「趁我還有精神，這就去了……純丫頭去睡覺，要是我回來還沒睡著，小心我打妳屁股。」

「洛年？」狄純還在喊，卻見沈洛年彷彿一陣輕煙，滴溜溜地往外飄了出去。

「神巫會飛？」姜普吃了一驚，雖然他也感覺到影妖的淡淡妖炁正推動著沈洛年，但那點妖炁怎能飛這麼快？

狄純卻也是第一次看到，她見沈洛年只不過一個眨眼，已經飛出老遠，她這才確信，當初若不是揹著自己，沈洛年確實十分容易逃出總門的圍困，更別提之後鑿齒的追擊。想到這兒，狄純凝視著沈洛年的背影，淚水再也止不住。

□

這丫頭臉上裝著水龍頭嗎？沈洛年入林前回頭看了一眼，見狄純小臉上都是淚，不禁好笑，他搖搖頭，把注意力集中在妖炁感應上，找尋著敵方的蹤跡。

鶴鴕妖——或說跑步鳥，似乎並沒怎麼提防牛頭人，沈洛年離開前就已察覺，周圍數公里內，除牛頭人之外，根本沒有其他的大群妖族，他們這種戰鬥方式，雖然彼此都會受傷，但其實很不像打仗，頗有點像是很盛大、粗野、暴力的體育競技，不只說休息就休息，不搞什麼夜襲敵營的把戲，連什麼監視看守的哨兵似乎都沒派，那端牛頭人放心地呼呼大睡，這邊的鶴鴕妖，則已經不知道退到哪兒去了。

應該是南邊沒錯吧？沈洛年心中沒個準，又繞飛了十餘公里，這才突然又感受到東南方有一大群的妖炁匯聚，他方向一轉，向著那個方位飄去。

隨著距離逐漸接近，小心起見，沈洛年連凱布利的妖炁都收了起來，只輕飄飄地在林間點地而行，往對方後陣繞，如果真有人類，很有可能在後方，和傷兵一起受著保護。

沈洛年其實並不很確定對方是不是鶴鴕妖族，但這些妖族有的鼻子好，有的眼睛利，更有不少耳朵靈，在這密林中，想看清對方身形，也得跑到挺近的地方，萬一被感覺到可有點不妙。沈洛年不敢貿然接近，只放緩了速度，慢慢往東南方順時針繞過去。

但這麼繞了一大圈，除感受到數公里內散布著滿山滿谷的妖炁外，卻一點也感覺不到人類的蹤跡。

話說回來，一般人類本就沒有炁息，又該如何感應？沈洛年在一株樹幹岔枝上停下，感應著這範圍內的妖炁，其實這些妖怪分散得頗均勻，也很少挪動，看來應該已經分別休息了。

不過比較奇怪的是……中間似乎有塊近三十公尺寬、完全沒妖炁的橢圓區域；莫非休息時間，人類並沒和傷者在一起，而是單獨聚在另一區？但有需要空這麼大地方出來嗎？又或者那兒其實只是片不適合歇息的水窪，所以才沒有妖炁？

沈洛年想了想，還是打算弄清楚，他注意力往上方感應，確定了正上方周圍附近並沒有什麼妖炁，當下身體放輕，只使用一點點妖炁控制方位，飄身騰空，緩慢地飛高，想從上面往下觀察。

飛出約莫百餘公尺，沈洛年看得清楚，那中間確實不是湖水……而是一個被整理過的空地，而空地中，居然有十幾個長型大帳篷圍成一個大圈？中間那小小的亮光是營火嗎？還可以看到幾個皮膚黝黑、衣著簡陋的人類正在帳篷間穿梭走動。

這裡面都是人類嗎？那不就有近百個？難怪空這麼一大塊地給他們住。

這些傢伙似乎過得挺享受的？自己可是每天都餐風露宿，以天作被、以地爲蓆……這些人才不像是被迫，根本就是主動前來助戰，打死了怪誰？

沈洛年收斂著妖炁，緩緩飄落在其中一片帳篷上，聽著下面的人正嘰哩咕嚕地聊天，經過輕疾翻譯，內容不外乎是今天鶴鴕妖神怎麼怎麼勇猛、敵人死傷多少之類的討論，不過仔細聽了聽，這些人似乎誰也沒親眼看到戰局，倒也說得十分高興。

看這樣子，這些人和鶴鴕族關係應該不錯，就算勸他們離開，他們不但未必肯走，也未必相信牛頭人會打贏……說不定還會通風報信要鶴鴕族殺了自己，而且不管自己能不能逃走，這樣下去，若眞打起什麼滅族戰，牛首族和鶴鴕族都不知道要死幾萬人，未來還會打到其中一邊死光爲止……這可眞不是好事。

沈洛年心思一轉，如果沒有這些人協助鶴鴕族治療，牛頭人也不需要打什麼滅族戰，只要慢慢耗下去，對方應該就會認輸……這麼說來，如果自己無聲無息地把這幾十人吸成人乾，問題不就解決了嗎？順便還可以多點闇靈之力，一舉兩得。

這些人雖然有點無辜，但和幾萬名牛頭人、鶴鴕族的性命相比，捐出來也算值得，反正自己也不熟，回去之後，就騙純丫頭說沒看到人，只把實情告訴姜普，問題就解決了。

沈洛年既然做了決定，當下飄身落下，在一個個帳篷後方暗影處繞行，一面側耳傾聽，準備找那種已經完全熟睡的帳篷先下手，否則若被發覺進而吵鬧起來，那可有點麻煩。

沈洛年對善惡之念本就不怎麼強烈，他眼中也沒有人類性命較高貴或較親近的想法，若能以這幾十人的性命，交換幾萬個牛首族人和鶴鴕族人性命，對他來說，本就是理所當然的事，唯一讓他比較困擾的，就是對方畢竟沒惹自己，殺起來不但頗氣悶，也有幾分抱憾，只能盡量下手俐落點，給對方一個痛快了。

又繞過了三間帳篷，到了第四間，裡面除了緩慢穩定的鼻息聲，似乎別無其他聲響。沈洛年又聽了半分鐘，確定裡面的八、九個人應該都已熟睡，他見四面無人，緩緩拉開帳篷門簾，無聲地鑽了進去。

這種立式的大帳篷裡面其實頗為寬敞，足可以躺十二個人，不過現在只睡了八、九個女子，這兒畢竟還是熱帶氣候，雖然已經是十月天，她們仍大多只穿著短衣褲，在胸腹處隨意蓋著一條小薄被，每個人睡姿各有不同，十分養眼。

換另外一個少年人，說不定會看得口乾舌燥、心癢難當，但沈洛年自從遇到鳳凰之後，就很悲慘地失去了這種見色起心的能力，當下眉頭皺都沒皺一下，飄到離門最近的那個女子身旁蹲下，手掌輕輕往她軟綿綿的胸口按去。

沈洛年剛要把闇靈之力透送入女子胸腔，但此時月光透入紗網窗簾，正好照在女子臉龐上，沈洛年目光掃過，不禁一呆……這女人自己見過嗎？

ISLAND
别抛下我

怎麼可能？這可是澳洲！只因爲是張東方臉孔吧？沈洛年湊近換個角度看了看，卻剛好擋住了月光，反而看不明白，他連忙側頭讓月光再度映上少女面孔，仔細再看……媽的，好像眞的認識，這人難道是……可是又好像不對……

而這麼讓月光閃了兩閃，女子似乎感覺到異常，她微微瞇開眼睛，恰好面對面看到沈洛年在月光下的臉龐，沈洛年暗叫糟糕，正想掩住她嘴，殺了再說，卻見她迷惘中露出一抹甜笑輕喊：「洛年？」一面伸手把沈洛年往下一拉，兩人已吻在一起。

這誰啊？我跟妳有這種交情嗎？沈洛年吃了一驚，一下子不好下殺手，那女子一雙白皙的腿已纏上腰來，輕飄飄的沈洛年一個不穩，摔在女子身上，兩人唇舌接觸，身軀相擁，沈洛年雖然對女子不易動心，但身體機能既然正常，被碰觸依然會有感覺，當下頗有點頭昏腦脹，搞不清楚發生了什麼事情。

但女子吻著吻著，那股熱情不知被什麼東西澆熄，突然停了下來……她驀然一把推開沈洛年，驚慌地說：「你是誰？」一面身子縮著坐起，用薄被掩住了自己的胸腿。

妳不是認識我嗎？沈洛年一呆，那女子仔細看了看沈洛年的臉孔也是一愣，驚駭地掩嘴說：「眞是洛年？我以爲是……夢……」

這女人夢到自己的時候都這麼狂野嗎？沈洛年呑了一口口水說：「妳……妳是……」媽

的，糟糕，想不起來這女人的名字。

「什麼事？」「幹嘛啊？」「誰跑進來了？」

剛那兩聲一喊，其他女子紛紛驚醒，一個看似四十餘歲的女子怒沖沖地點起懸掛的油燈，望過這面說：「我們警告過很多次，不准……咦？是……你是洛年小弟嗎？」

「眞是洛年？」緊跟著好幾個女子都叫了起來，詫異地湊了過來。

沈洛年望著點燈那女子，張大嘴說：「妳……是……」

「認不出來了嗎？」那女子摸摸臉苦笑說：「『仙化』的效果消失之後，老得快了點。」

「妳眞是……馮鴦大姊？」沈洛年總算叫出了名字，他四面一望，忍不住說：「小露也在這兒嗎？」

「開口就是小露，其他人都忘了嗎？」另外一個看似三十來歲的女子笑著白了沈洛年一眼。

這人名字眞的也忘了，沈洛年結巴地說：「妳們……怎會在這兒……」

另有一個二十來歲的細腰長腿女子，目光望著最先那名年輕女子，似笑非笑地說：「小紅，妳剛和洛年幹了什麼？我好像有看到一點。」

對了……小紅……沈洛年想起來了，剛剛抱著自己的叫小紅，好像叫羅紅？

小紅似乎也還沒從驚訝復原，她紅著臉，詫異地說：「小珠……我以爲是夢啦！後來才感覺好像太眞實了……」

「妳不是和那個誰正在交往嗎?」另一名比小珠還年長的女子驚訝地叫:「就算是夢,好像也……」

羅紅一愣,神色透出慌急說:「這是作夢!作夢不算啦……不准說出去。」

「夠了、夠了。」馮鴦一揮手止住眾人的吵鬧,一面對其他不知道狀況的女子道歉,這才回頭對沈洛年說:「洛年小弟,我們到外面談吧。」

這五名女子,正是當初在噩盡島上,和沈洛年有過一段交情的酖族女巫,後來沈洛年把她們送回雲南,並學會最基本的影蠱之術、得到雲南品種的糞金龜影妖。

五人分別是馮鴦、洪萱、洪綠、昌珠與羅紅,當初噩盡島護衛沈洛年的六名女巫中,只有最小的艾露不在其中,而五人此時不知爲何都已失去了炁息,連當初那總讓人感到歡喜的樂和之氣,似乎也已經消失了。

六人這時坐在只剩餘溫的營火旁交談起來,沈洛年這才知道,當初四二九大劫過後,麒麟,也就是塔雅·藍多神化出原形,施術抵禦了輻射的侵襲,帶著九名女巫與倖存的酖族人往南遷,眾人心慈,見人便救,妖怪看到麒麟與女巫又無法產生敵意,這麼一路經過緬甸、泰國,路上帶著的難民也越來越多,在麒麟保護下,大批船隻出海,航行過蘇門答臘、爪哇沿海，最後經過新幾內亞南端，繞過約克角，從庫克鎮上岸。

船隊這時已經聚集了近萬人，而這兒原住民聚落本就過著較原始的農耕生活，大劫後存活的人數也特別的多，單是約克角半島北區的原住民和遊客，也有近萬人倖存，加上這批新難民，現在大都在庫克鎮附近定居。

「為什麼麒麟……為什麼塔雅．藍多神要帶妳們走這麼遠？」沈洛年問。

「神說這塊大陸土地遼闊而獨立，大部分妖族對人和善，很少與其他地方的妖族衝突，一些具侵略性的妖族也很少到這來，可以安心住下，尤其是這地區的鶴鴕族，和人類關係最好。」馮鴦嘆口氣說：「沒想到才住不到幾個月，就有不講理的妖怪從北邊來攻打。」

「呃。」沈洛年一時不敢說自己是牛頭人那方的，頗有點不知所措。

「洛年小弟你怎會找來的？來找小露的嗎？怎麼知道我們在這？還有……」馮鴦一笑說：「怎會和小紅抱在一起了？」

「鴦姊。」羅紅紅著臉說：「我是不小心的，別這樣啦。」

長腿的昌珠和羅紅歲數較近，一向交好，不忍見她害臊，開口說：「哎呀，那時我和小紅還差點去夜襲洛年呢，難免嘛，當初只有洛年當我們是女人……我也常幻想和洛年那個啊，久了難免習慣……妳們知道的嘛？哦？」

但這番話說過去，倒是害得每個人都說不出話來，看來都有點心虛。

當初受限於女巫的規矩，眾人中只有馮鷰可以開口，除艾露之外，都沒機會和其他幾人說話，沒想到這位小珠姊說起話來如此豪放……沈洛年有點尷尬，不想在這上面討論，岔開說：「妳們剛剛說『仙化』效果已經消失？所以現在不算女巫了？」

五女對看一眼，馮鷰點點頭微笑說：「因爲女巫的工作已經結束，神到此處之後，問我們的意願……要成爲普通人的，她就收回『微靈仙化』的能力，希望保留著能力的人，她可以讓我們『全靈仙化』，然後幫她一點忙。」

所以其他四個人全靈仙化了嗎？沈洛年說：「協助她做什麼？」

「神說要以光靈之術，到處去消除毀滅性的光……」馮鷰說：「我們也不是很明白這話的意思。」

除掉輻射的影響嗎？原來麒麟是和光靈立約？這可少見，沈洛年說：「逸姊、小露她們就去了？」

「其實大家都想留下，過看看普通人的生活，也想試著……和普通人來往看看……」馮鷰說到這有點不好意思，頓了頓才接著說：「但因爲仙化效果消失之後，我們老化速度會比一般人快一點，數年後，會越來越接近原先的歲數，逸姊她們若失去仙化之體，恐怕壽命就剩下不多了……」

正常女子總會希望能和心愛的人度過一生吧？毛逸她們年紀太大，只好放棄這種可能……

沈洛年想了想說：「那小露……她不覺得可惜嗎？」

馮鳶開口說：「我們也是有勸她……可是……」說到這，馮鳶又停了下來，似乎猶疑著不知該不該說。

可是什麼？沈洛年看氣味不妙，也頗有點不知該不該問。

昌珠見沒人開口，突然插口說：「洛年，你那時……不是想藉著咒誓之術找懷眞小姐嗎？找到了嗎？」

怎麼會突然提起這件事？沈洛年一怔說：「找到了。」

昌珠目光一轉說：「那……懷眞小姐現在在哪兒？」

這時該怎麼回答？沈洛年遲疑了一下才說：「她離開了。」

眾人一聽，都愣住了，羅紅插口說：「不是可以藉著咒誓找她嗎？」

想到不知多久才能見到懷眞，沈洛年心情就不大好，而且這和現在的事情也沒關係，他皺眉搖頭說：「別問懷眞的事了，小露怎麼了？」

五女對望了片刻，馮鳶才說：「小露說她幫完塔雅．藍多神之後，想去找你，若變回普通人，不方便找你。」

沈洛年不禁一愣，找自己幹嘛？

「還有，小露說……」羅紅跟著說：「你也答應了讓她找你。」

沈洛年一愣：「我答應？」

「不是嗎？」昌珠接口說：「她說你讓她放蠱了，她隨時可以找到你……而且你告訴過她，懷眞小姐不是你的情人。」

媽的，那丫頭又沒講清楚！我哪知道蝴蝶是那意思？她到底在想什麼？不過艾露也不在眼前，沒法找她算帳，至於懷眞的事，當初自己確實這麼說過，不過當時和現在卻不大一樣了……沈洛年不好多提此事，拉回正題說：「妳們現在正和這些妖怪合作？」

「對啊，洛年你怎會來的？又怎麼進來的？你也認識這些鶴鴕妖嗎？」昌珠詫異地一連串問，跟著又說：「他們很好喔。」

看來輕疾會這麼喊，就因爲這兒的人如此稱呼？沈洛年說：「鶴鴕妖讓妳們……一般人類住這兒？」

「是的。」馮鴦接口說：「他們喜歡吃果實，人類種植的果實十分甜美，我們定期會送他們吃一些，他們就打獵來交換，和我們處得很好……這次他們告訴這兒的祭司，說有不講理的

妖怪來打仗，希望我們幫忙治療，我們就派了些有醫療經驗的人來幫忙。」

聽起來不大對勁，怎麼兩邊都說對方不講理？沈洛年想了想，終於說：「來攻打的妖怪，是牛首妖族，就是牛頭人，妳們在噩盡島上也見過的。」

「啊？」五女一怔，彼此互望說：「牛頭人不是挺好的嗎？」

「我其實是跟牛頭人來的。」沈洛年嘆口氣說。

馮鶱一驚說：「難怪他們說牛頭人似乎有人幫忙治療，怕這場仗打不完。」

「牛頭人也在擔心此事，所以我半夜跑來……沒想到遇到妳們。」沈洛年不好說自己本來準備殺人，看著五人說：「牛頭人說只是打算借道經過這兒，這些鶴鴕族卻不准，還說這陸地的妖仙都不會讓他們住……最後吵起來，鶴鴕族就說要趕牛頭人走，可是牛頭人已經沒地方可以回去，只好拚了。」

「咦，怎麼可能？」昌珠說：「他們會不會騙你？說不定牛頭人其實想佔領這地方？鶴鴕族很善良啊，個性也很單純，不可能騙我們的。」

「牛頭人喜歡吃的是草啊。」沈洛年攤手說：「這邊都是森林，要更往南才有大片草原吧？」

昌珠一下子說不出話來，皺眉看著其他人。

馮鳶畢竟年紀較長，思索了一下說：「牛頭人還有提到什麼嗎？」

沈洛年想了想說：「好像這些鶴鴕，要牛頭人唱歌還是幹嘛……牛頭人根本不會唱歌，覺得這些鳥爲難他們，就生氣了。」

「歌？」馮鳶搖搖頭說：「不懂。」

「等等。」昌珠卻說：「以歌換歌嗎？」

沈洛年一愣說：「對，好像就是這麼說的……小珠姊知道什麼意思？」

「哎呀，這是這兒的傳統啊。」昌珠笑說：「彼此唱出描繪自己旅途與居住地的歌曲，交換著踏上他人生活地區的權利。」

「是這樣嗎？」沈洛年一愣，這樣聽起來不像惡意啊。

馮鳶也很意外地說：「小珠妳怎麼知道的？」

「我也有本地的男朋友啊，說這是古老原住民的傳統。」昌珠聳聳肩說。

一旁羅紅詫異地問：「妳學會英文了？」

「不會啊。」昌珠搖頭說：「聊天時找人幫忙翻譯，就有提到這故事。」

羅紅皺眉說：「語言不通，這樣怎麼談戀愛啊？」

「眞是小孩子。」昌珠抿嘴笑說：「談戀愛的時候又不一定總在說話。」

羅紅好笑地說：「不然妳都在幹嘛？」

昌珠嘻嘻一笑說：「這個嘛……妳眞想聽嗎？」

「那個……」沈洛年實在不大好意思打岔，但眼看兩人越談越遠，只好硬著頭皮開口，一面說：「小珠姊，那不會唱歌怎麼辦？」

「唱歌只是一個形容方式啦。」昌珠說：「就是用自己的語言，吟唱著自己的家園和經過的旅途，能聽起來好聽當然最好，不好聽也無所謂……原住民這古老傳統，大概就是妖仙們傳下的吧。」

如果是這樣的話……沈洛年想了想又問：「那爲什麼說所有妖族都不會讓他們住？」

「眞是這麼說的嗎？」昌珠歪頭想了想說：「還是說……不會給他們土地？」

「唔……」沈洛年一愣說：「有點像這麼說，經過幾次翻譯，我也不很確定。」

「這兒古老的習慣，走過的土地就屬於你的一部分了……任何人不能單獨擁有也不能給予，所以才用吟唱來交換經過權啊。」昌珠說：「當然不能給土地啦。」

媽的，若是這樣，那可眞是白打一場，牛頭人說鶴鴕妖胡鬧，說不定鶴鴕妖族覺得牛頭人輕視他們傳統呢？沈洛年嘴巴張大了好片刻才說：「不會錯嗎？」

「不會錯啦。」昌珠撇嘴偷笑說：「三個不同膚色的小夥子都說這種故事給我聽，我每次都裝沒聽過呢。」

「小珠！」馮鳶聽不下去，笑罵說：「妳也節制點。」

「總要接觸看看嘛……不然怎麼知道哪種好？」昌珠倒是不大在意，她笑說：「這樣說起來似乎是誤會呢，洛年回去一說，應該可以解開這誤會吧？仗也不用打了？」

「說不定眞可以……」沈洛年心情好了起來，露出笑容說：「我這就回去找牛頭人。」

「欸！洛年，還沒說好該怎麼謝我呢？」昌珠帶笑問。

這豪放的長腿姊姊想幹嘛？沈洛年難得地有點害怕，馮鳶也忍不住好笑地說：「小珠，可別胡鬧。」

「不會啦。」昌珠得意地一笑，這才對沈洛年說：「我是要說……若小露以後眞去找你，記得要對她好一點，知道嗎？」

沈洛年無言以對，只能輕嘆了一口氣，他不再多說，向五女告別後飄身而起，回牛頭人的地區報訊去了。

□

沈洛年把消息帶回去之後，姜普意外之餘，再度派人協商，牛首族與鶴鴕族兩方誤會終於冰釋，剛弄懂這古老陸塊傳統的牛頭人，以一串牛吟湊出了自己的旅程之歌，和鶴鴕族舉行了交換的儀式，之後鶴鴕族大軍解散，還禮貌性地派出數人，一路將牛頭人往南送，直送出庫克鎮以南，鶴鴕族的勢力範圍之外。

而沈洛年也在這時候和牛頭人告別。庫克鎮這兒不但聚集了數萬人類，而且又有數名熟識的女子在此，可說是最適合照顧狄純的地方，沈洛年當然選擇留下。

這次若非沈洛年探聽出實情，這場誤會還不知道會發展到什麼程度，姜普自是十分感激，眼看無法挽留，只好與沈洛年互道珍重，揮手作別。

不過沈洛年帶著狄純和酖族五女會面時，卻也惹了不小風波，五女見到狄純這溫婉嬌柔、楚楚可憐的小美人，心生憐惜的同時，卻也不免替小妹艾露擔心，生怕艾露的戀情還沒開始就得終結，不免旁敲側擊問個不停，沈洛年卻也懶得多解釋，只在五女建議下，選了個空地蓋屋，和狄純住了下來。

沈洛年雖不是什麼專業的木工，但蓋了好幾次房子，總算是似模似樣，他屋內也不搞什麼隔間，兩人的床鋪分佔屋中左右角落，各自以布簾遮蔽出一小塊私人空間，反正現在狄純很多事情仍需照料，問心無愧即可，不用太避嫌。

這一住，沈洛年深居簡出，除了偶爾出外打獵換取生活用品外，大多時間都照著輕疾的建議，同時磨練自己的招式動作與精智力，在這種混亂的時代裡，想活下去就得具有保護自己的能力。

當然，狄純的復健動作也一直沒停下，她畢竟不是眞的受了什麼創傷，雖然筋肉、體質等沒辦法一下子強化，但關節和筋絡的僵化，在沈洛年的協助下已漸漸改善，一般行走坐臥都已沒什麼問題，雖仍比一般人遲緩、易疲累，但這部分就只能隨著時間過去，慢慢地調養。

很快地，時間到了十月底，這二十多天中，葉瑋珊一直沒有再聯絡過沈洛年，可能她覺得沒事無須聯繫，也可能出外冒險後眾人整日相處，找不到聯絡的機會……總之因爲她和沈洛年的聯繫隱瞞著其他人，沈洛年也不想主動發訊，只好把這事擱在腦後。

不過自己不便詢問葉瑋珊等人的狀況，白玄藍、黃齊可沒這種顧忌，沈洛年早已打定主意，月底要去一趟噩盡島送輕疾，只一直不知道該怎麼和狄純說明。

這麼一拖延，到了十月的最後一日，算來算去，白玄藍等人應該已經到了噩盡島，自己早該去了，是以今晚沈洛年幫狄純按摩拉鬆全身之後，沒有馬上離開，打算告訴狄純這件事。

至於狄純，沈洛年在她身上每日兩次的按摩和拉扯，從一開始的全身疼痛，到了現在，已經漸漸從疼痛變成痠軟，還頗有點舒服麻癢、全身舒暢的感覺，不過這感覺頗讓人害臊，她可不敢對沈洛年提。

沈洛年雖然不知道狄純的感覺，但每次結束之後，那雙水汪汪眼睛透出的氣味，總讓沈洛年不敢多待，不過今日狀況不同，沈洛年收回手之後，坐在床邊，並沒馬上離開。

狄純卻會錯了意，看沈洛年低著頭不說話，她鼓起勇氣，伸手輕抓著沈洛年的手，低聲說：「洛……洛年，如果你……我……我沒關係……」

「什麼？」沈洛年一呆抬頭。

狄純看沈洛年一臉錯愕，微微一怔，縮回手、紅著臉低聲說：「沒有。」一面縮到了被子裡面去，用薄被把臉掩蓋著。

這丫頭到底該算幾歲？說她九十八歲當然不對，但若眞只有十三、四歲，不該這麼早就透出這種氣味，可是從那股依賴和黏人的勁來說，更像是八、九歲的孩子。

沈洛年嘆了一口氣，還是決定直說，當下開口：「小純，我明天打算去一趟噩盡島。」

「咦？」狄純一驚，探頭出來看著沈洛年。

「妳現在自己走動沒什麼問題……」沈洛年說：「明天我把妳托給馮鴦大姊，她已經答應幫我照顧妳，記得繼續做復健的動作……」

「我跟你去！好不好？」狄純焦急地搶著說。

「不是說過嗎？我帶不了妳飛啊。」沈洛年攤手說。

狄純癟著嘴，停了好幾秒，才紅著眼睛低聲說：「騙人。」

「呃？」沈洛年一愣。

「你……那天打獵帶回來的鱷魚，比我還重……凱布利一樣飛好快。」狄純兩汪淚水在大眼中轉啊轉的，不知道什麼時候要滴落，只聽她委屈地說：「我……我有從窗裡看到。」

媽的，這丫頭沒事往窗外看幹嘛？沈洛年暗暗叫糟，自經姜普提醒，沈洛年發現凱布利放大後，確實可以容納更多的妖炁，這麼一來飛行速度和載重能力自然是大爲提升，不過他本不打算讓狄純知道此事，沒想到自己太過粗心，居然早就被發現了。

沈洛年呆了片刻才說：「但萬一打起來，我還是不方便揹著妳啊……總門一定布下天羅地網了，很危險的。」

「讓凱布利揹著我在空中，你就可以自己打。」狄純雖然仍不敢大聲，卻說得不慢。

倒沒想到這招……這丫頭早已經想妥了？照這種說法，似乎還眞能帶她去，如果能躲過總門的耳目，說不定還可以順便請白玄藍幫她變體或引仙，這樣她一方面有基本的自保能力；二來能早些四處走動，容易認識一些新朋友，才不會這麼依賴自己。

狄純見沈洛年不說話，輕聲說：「世上陸塊隨時可能會大變動……很多土地會消失，地形也會改變，這城鎮……都未必能繼續存在，萬一……你離開時發生這種事，以後我們再也見不到怎麼辦？」

「我欠妳的喔？」沈洛年瞪了狄純一眼說：「見不到，自己想辦法活下去啊。」

「人家……又不是這個意思……」狄純眼淚正要滴下的時候，卻見沈洛年依然坐在自己床邊，皺著眉頭、板著臭臉，不知在思索什麼。

狄純也和沈洛年相處了二十多天，早已發現，沈洛年每次不甘不願地答應自己要求時，就是這副表情，而且他若眞不答應，大多是轉身就走，不讓人多說，狄純想到此處，顧不得哭，試探地說：「你……肯帶我去了？」

沈洛年還不知道自己已被看穿，詫異地看了狄純一眼說：「誰說的？」

狄純有點害怕地說：「我猜的……不是嗎？」

「哼！」沈洛年倒也不好不認，翻了翻白眼站起說：「既然要去，那就現在走吧，穿上外衣，在凱布利上面睡。」

狄純大喜，抹淚爬起問：「不等白天才走嗎？」

「既然不麻煩馮鴦大姊，就不等白天曬太陽了。」沈洛年搖搖頭說：「我得罪了總門，雖說該不會遷怒到藍姊他們，還是要說一聲比較好……他們該已到了幾天，早去早安心。」

得罪總門之事當然是自己害的，狄純不敢多說，連忙起身收拾。

幾分鐘後，兩人站在門口，這屋門雖然沒鎖，但反正家徒四壁，也沒什麼好鎖的，沈洛年一面喚出凱布利，一面說：「上次姜普提醒，才想到可以這樣使用。」

狄純只要能跟就全都不介意了，她身上揹了個小背包，裡面裝了些必要用品和換洗衣物，正笑咪咪地望著只比桌子稍大的凱布利說：「只要這麼小隻嗎？」

「剛好就好。」沈洛年控制凱布利在一公尺餘長，雖然越大妖炁可以注入越多，但風阻卻也越大，未必划算。

當初還不到手掌大小、沒有形體的影蠱力量，就勉強可以推動一個成年人的體重，何況是充塞如此大小的妖炁？而沈洛年和影蠱都等於沒有質量，狄純的三十公斤重，只在戰鬥時對瞬間閃避騰挪有影響，對於單純高速長程飛行來說，還沒有氣阻的影響大。

沈洛年正要爬上凱布利，看著狄純想了片刻，還是搖了搖頭，他回房拿條薄被蹲下說：「還是揹著妳好了。」

狄純好幾天沒讓沈洛年揹了，臉一紅說：「要揹著？」

「風大，睡死了可能會摔下去。」沈洛年揮手說：「快上來。」

狄純靠上沈洛年的背，低聲說：「要不要帶水？」

「不用。」沈洛年一面打結一面說：「妳睡一覺就到了。」

狄純吃了一驚說：「很遠不是嗎？」

沈洛年綁妥被子，跳上凱布利，沒好氣地說：「若是不帶妳去更快。」

狄純靠著沈洛年，在他耳後輕聲說：「別拋下我，好不好？」

媽的！這丫頭也不撒賴、也不耍花槍，就這麼可憐兮兮地懇切請求，還眞難拒絕，沈洛年只哼了一聲，抓穩了凱布利頭部和背甲之間的凹縫，心念一動，當下凱布利騰空而起，妖炁往外急催，帶著兩人高速破空，正對著東北方飛去。

這一衝，強大風壓朝沈洛年衝來，隨著速度越來越快，沈洛年除了抓著凹槽之外，還以妖炁把自己四肢固定在凱布利身上，順便抵禦風壓，反正妖炁隨時可以以道息補充，不用太省。

而凱布利這一衝，狄純馬上感受到一股強大後甩的力道，不由得吃了一驚，詫異地說：

「好……嗚……」卻是這一張口，灌滿了風，說不出話來。

「什麼？」風聲太大，沈洛年聽不清楚，側頭大喊。

狄純躲在沈洛年背後，吸了一口氣，伸手擋著風，湊在他耳畔說：「我說，好快。」

「對啊！」沈洛年頗有三分得意，過去空戰速度遠不如地面，現在可倒過來了，大隻的凱布利，妖炁強度已比自己的蠻力大上許多，也許地面戰的時候，也該考慮和凱布利配合的方式。

「要……飛多久？」狄純又說。

「多久？這個……」沈洛年停了幾秒之後說：「六、七個小時。」這自然是輕疾幫忙作弊才能這麼快算出來。

狄純停了幾秒，終於怯生生地說：「沒帶我的話，眞的還會更快嗎？」

「這……」沈洛年終於還是老實說：「慢不多啦，打架才有差。」

「太好了。」狄純欣喜地說：「那以後去哪兒，都要帶我走喔，我也要陪你去打獵，也要去看你上次說的漂亮大堡礁。」

「大堡礁好看的東西在海底！」沈洛年哼聲說：「淹死妳這旱鴨子。」

「那先教我游泳。」狄純小聲說。

「妳好煩啊！」沈洛年忍不住叫：「快睡覺！」

狄純一笑，環抱著沈洛年的腰，靠著他厚實的背，嗅著生平第一個習慣的男人體味，感受著那總比自己身軀溫暖的體溫，在呼呼的風聲中，她安心地闔上眼睛，進入夢鄉。

《噩盡島9》　完

裸母洛年
喂喂！醒來、要掉下去了……

下集預告

噩盡島 10 *6月　轟動登場！*

強妖世界新版圖！

台灣消失了!?
是誰有能力更改世界地圖？
凶妖橫行，龍族現身，
地球進入最強妖的時代……

莫仁最新異想長篇
即刻翻轉你所認識的世界！

國家圖書館出版品預行編目資料

噩盡島 / 莫仁 著.——初版.——台北市：
蓋亞文化，2010.05-
冊；公分.

ISBN 978-986-6473-70-8（第9冊：平裝）

857.7 98015891

悅讀館 RE219

噩盡島 9

作者／莫仁
插畫／YinYin
封面設計／克里斯
出版社／蓋亞文化有限公司
地址◎ 台北市103赤峰街41巷7號1樓
電話◎（02）25585438　傳眞◎（02）25585439
臉書◎ www.facebook.com/Gaeabooks
部落格◎ gaeabooks.pixnet.net/blog
電子信箱◎ gaea@gaeabooks.com.tw
投稿信箱◎ editor@gaeabooks.com.tw
郵撥帳號◎ 19769541　戶名：蓋亞文化有限公司
法律顧問／義正國際法律事務所
總經銷／聯合發行股分有限公司
地址◎新北市新店區寶橋路235巷6弄6號2樓
電話◎（02）29178022　傳眞◎（02）29156275
港澳地區／一代匯集
地址◎九龍旺角塘尾道64號龍駒企業大廈10樓B&D室
電話◎（852）27838102　傳眞◎（852）23960050
初版八刷／2015年7月
定價／新台幣 220 元
Printed in Taiwan

ISBN／978-986-6473-70-8

RE219
GAEA

ISLAND 噩盡島 9

蓋亞文化　讀者迴響

感謝您在茫茫書海中選擇了蓋亞，您的支持是我們最大的動力。
不要缺席喔，讓我們一起乘著夢想的羽翼，穿越時空遨遊天地！

姓名：　　性別：□男□女　　出生日期：　年　月　日

聯絡電話：　　手機：

學歷：□小學□國中□高中□大學□研究所　　職業：

E-mail：　　（請正確填寫）

通訊地址：□□□

本書購自：　　縣市　　書店

何處得知本書消息：□逛書店□親友推薦□DM廣告□網路□雜誌報導

是否購買過蓋亞其他書籍：□是，書名：　　□否，首次購買

購買本書的動機是：□封面很吸引人□書名取得很讚□喜歡作者□價格便宜□其他

是否參加過蓋亞所舉辦的活動：
□有，參加過　　場　　□無，因爲

喜歡出版社製作什麼樣的贈品：
□書卡□文具用品□衣服□作者簽名□海報□無所謂□其他：

您對本書的意見：
◎內容／□滿意□尚可□待改進　　◎編輯／□滿意□尚可□待改進
◎封面設計／□滿意□尚可□待改進　　◎定價／□滿意□尚可□待改進

推薦好友，讓他們一起分享出版訊息，享有購書優惠
1.姓名：　　e-mail：
2.姓名：　　e-mail：

其他建議：

◎請沿虛線剪開、對摺、裝訂後寄出

◎請沿虛線剪開、對摺、裝訂後寄出

廣告回信　郵資免付
台北郵局登記證
台北廣字第675號

GAEA

GAEA